내 두 번째 이름,
두부

유기견 출신 두부의 견생역전 에세이

내 두 번째 이름,
두부

곽재은 지음

시드앤피드

차례
_____

사람의 인생에는 세 번 정도의 변곡점이 있다고 한다. 나에게 그중 하나는 단연코 두부와의 만남이다. 미국에서 유학 생활을 하던 나는 스물네 살에 두부를 처음 만나게 되었고 그때부터 내 인생은 조금씩 바뀌었다.

가끔 나는 '내 인생에 두부가 없었다면'이라는 가정을 해본다. 두부가 없었다면 나의 외로웠던 유학 생활은 더 외로웠을 것이고, 강아지를 이렇게나 좋아하지 않았을 것이다. 두부가 없었다면 유기견 문제는 남의 동네일인 양 관심이 없었을지도 모른다.

그러나 두부를 만나고 나서 많은 것이 변했다. 두부를 가족으로 받아들이고 사랑하게 되면서 반려동물에 대한 깊은 애정이 어떤 것인지 알게 되었다. 두부에게 건강하고 맛있는 걸 먹이고 싶어서 간식을 직접 만들었고, 그 간식을 시작으로 나는 '바잇미(Bite Me)'라는 회사까지 세우게 되었다. 결국 두부로 인해 나의 직업과 인생이 바뀌게 된 셈이다.

나는 두부를 만나기 전까지 한 번도 '버려진다'는 일이 한 생명체에게 얼마나 큰일인지 생각해보지 못했다. 두부를 통해 모든 생명은 사랑받을 가치가 있으며, 그 자체로 귀한 것이라는 걸 배우게 되었다. 그러나 아직도 많은 사람들은 한 생명체인 반려동물을 손쉽게 버린다. 자라면서 생김새가 마음에 안 든다고 버리고, 나이 들면서 병이 들었다고 버린다. 키울 사정이 안 된다며 버리고, 말을 안 듣는다고 버린다.

두부도 그랬다. 두부도 버림받은 상처투성이 작은 생명이었다. 하지만 나와 함께하면서 두부는 온전히 사랑받는 법을 알게 되었고, 정서적으로 조금씩 안정되어 갔다. 몸과 마음의 아픔을 극복하고 밝고 건강한 모습의 두부가 되었다. 두부가 변해가는 모습을 보면서 나는 희망을 발견했다. 내가 그랬던 것처럼, 다른 누군가도 작은 생명으로 인해 유기동물에 대한 인식을 바꿀 수 있으리라.

이 책이 두부의 관점에서 쓰인 것도 그런 이유에서다. 유기견이었던 두부가 전하는 이야기를 통해 사람들이 한 생명체를 충분히 존중해주기를, 유기견과 유기묘에 대한 편견을 바꿀 수 있기를 바란다.

사지 말고, 입양하세요.

프롤로그
두부 대표 자기소개

안녕하세요. 저는 '바잇미'라는 회사의 최고경영견 두부입니다.

먼저 이 책을 읽겠다는 의지를 가지고 책을 펼쳐주신 것에 무척 감사드립니다. 다 못 읽으셔도 큰 원망은 하지 않겠습니다.

아시는 분도 계시겠지만, 저는 개의 신분으로 '대표'라는 직함을 달고 회사를 운영하고 있습니다. 그래서인지 많은 분들이 제가 태어날 때부터 아주 유복한 개라고 오해하시는 것 같아, 먼저 제 소개를 드리겠습니다.

저는 눈 하나로 세상을 보는 개입니다. 한쪽 눈이 있던 자리를 털로 가리고 다니기 때문에 어떤 분들은 제 머리가 단지

스타일일 뿐이라고 생각하기도 합니다. 제 눈이 한쪽밖에 없는 이유는 이 책의 본문에서 밝힐 생각입니다.

눈을 하나 잃고 난 후 많이 힘들었습니다. 몸이 아프기도 했지만, 이제 예쁜 개들한테 어필할 수 없을지도 모른다는 두려움 그리고 무엇보다 건강하지 않은 저를 우리 엄마가 예뻐하지 않으면 어떡하나 하는 걱정을 많이 했습니다.

결국 제 걱정은 현실이 되었습니다. 저의 첫 번째 엄마는 제가 눈을 잃자 저를 떠났습니다. 저는 미국의 한 보호소에서 죽을 날만 기다리고 있어야 했습니다.

처음에는 세상이 원망스러웠습니다. 제 눈을 이렇게 만든 그 개도 원망스러웠고, 눈을 잃었다고 저를 버린 엄마도 참 많이 미웠습니다. 그러다 어느 순간 체념하게 되었습니다. 그냥 저는 눈을 잃을 운명이었고, 더 이상 사랑받을 자격도 없다는 생각이 들었기 때문입니다. 스스로 운이 지지리도 없는 쓸모없는 개라고 생각했습니다.

그렇게 긴 좌절의 시간을 보내다가 지금의 엄마를 만났습니다. 저는 이 책을 통해 제가 엄마를 만나 어떻게 상처를 극복하고 지금의 자리까지 오르게 되었는지 제 성장 과정을 여러분께 들려드리고 싶습니다. 제 이야기를 쓰면서 과거를 돌이켜보니 슬프고 속상해서 눈물이 나기도 하고, 또 어떤

에피소드는 부끄러워서 불태우고 싶기도 했습니다. 하지만 이 책을 읽어주실 분들께 가슴 아픈 눈물보다는 행복한 웃음을 전해드리고 싶습니다. 제 이야기를 통해 많은 유기견, 유기묘 친구들이 희망을 가지기를 바랍니다.

바잇미 최고경영견 두부

1

나의
두 번째 엄마

끔찍했던 시간

2010년 6월, 로스앤젤레스.

파박. 찰나의 순간이었다. 한 번도 느껴본 적 없는 통증이 내 왼쪽 눈을 스쳐감과 동시에 난 정신을 잃었다.

시간이 얼마나 지난 걸까. 킁킁. 냄새를 맡아보니 낯선 곳이다. 여긴 어디지? 내가 좋아하는 엄마 냄새가 나지 않는다. 갑자기 불안해서 호흡이 가빠진다. 눈도 잘 떠지지 않는다. 그렇게 나는 또 잠에 빠져들었다. 오랜 비몽사몽 끝에 마침내 정신이 들었다. 이 낯선 느낌은 뭐지? 눈을 뜨려고 해보니 이미 내 한쪽 눈은 적출되어 사라졌고, 안구가 있던 자리는 봉합되어 있었다.

나중에 알게 된 사실인데, 나는 다른 강아지에게 공격을 당

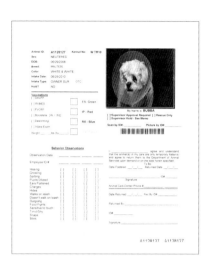

해 한쪽 눈을 크게 다친 모양이었다. 다행히 근처 보호소에서 나를 발견해 그곳에서 안구 적출 수술을 받을 수 있었던 거였다. 원래 엄살은 크게 없는 편이지만 한쪽 눈을 떼어내는 건 한 번도 겪어보지 못한 종류의 통증이었다. 소독할 때마다 너무 아파서 이를 꽉 깨물어야 할 지경이었지만 사실 그런 것은 참을 만했다.

나를 가장 힘들게 했던 건 보호소의 딱딱한 잠자리도, 맛없는 사료도, 아픈 눈도 아니었다. 내가 이 세상에서 제일 좋아했던 엄마가 사라졌다는 거였다.

하루 더 자면 엄마가 데리러 오려나?
또 하루 자면 엄마가 다시 오려나?

나는 보호소에 낯선 발자국 소리만 들려도 귀를 쫑긋 세웠
다. 우리 엄마인가? 그러다 보호소에서 나를 돌봐주는 선생
님들이 익숙해져 갈 때쯤 생각했다.
'아, 우리 엄마는 오지 않을 수도 있겠다….'
나는 아직도 나의 첫 번째 엄마에게 분명히 어떤 사정이 있
었을 거라고 생각한다.

혹시라도, 만약에
그게 다친 내 눈 때문이라면…
엄마, 내가 다쳐서 미안해….
엄마에게 떠남과 버림을 선택하게 해서 미안해….

간식 먹으러 가는 날

내 건너편 철창에는 열한 살쯤 먹은 형이 있었다.

하루 종일 짖어대던 그 형은 조그만 소음만 나도 여기 나를 좀 봐달라고 보호소가 떠나가라 목청껏 짖곤 했다. 나는 낯선 사람들의 얼굴을 마주치기조차 겁이 났는데, 그 형은 무섭지도 않은지 사람들만 보면 목이 다 쉴 정도로 짖어댔다.

그런데 어느 날부터 건너편 형이 보이지 않았다. 어린 친구들 말로는 간식을 먹으러 간 거라고 했다. 보호소에서는 처음이자 마지막으로 딱 한 번 간식을 줬다.

바로 안락사 하는 날.

나도 그 간식이 먹고 싶어졌다.

아픈 치료도 더 이상 받기 싫고, 맛없는 사료를 억지로 먹기도 싫고, 돌봐주는 선생님들도 그냥 왕 하고 물어버리고 싶었다. 아무리 기다려도 엄마는 오지 않았기에 나는 모든 것이 귀찮아졌다. 나에게는 엄마가 전부였는데 그런 엄마가 보이지 않는 지금은 무엇도 하고 싶지 않았다.

건너편 형처럼 하루 종일 크게 짖거나 나쁘게 행동하면 나도 그 간식을 먹을 수 있을 거라고 생각했다. 나는 그 간식을 먹기 위해 목청껏 짖기 시작했다.

멍 멍 멍!

내 이름은 A1128127

가끔 산책 봉사자들이 보호소에 오면 굳게 닫혔던 철문이 열린다. 그러면 보호소의 모든 친구들은 흥분해서 나 좀 데리고 나가달라고 보호소가 떠나가라 짖어댄다. 겁 없는 어린 친구들은 좁은 뜬장에서 꼬리를 흔들며 끊임없이 뛰어오른다. 그러다 다시 철문이 닫히는 소리가 나면, 그대로 침묵이 보호소를 가득 채운다.

이곳에서 내 이름은 A1128127. 아무도 나를 따뜻하게 불러주지 않는다. 내 이름은 다른 개들과 나를 분류하기 위해 필요한 수단일 뿐.

나 역시 누가 나에게 주는 관심이 싫다.

가끔 할 수 있는 산책도 싫다.

어차피 다시 갇히게 될 텐데….

그저 내게 주어진 시간이 빨리 지나가기를.

반복되는 이 지겨운 삶이 끝나길 바라며 애꿎은 앞발만 연신 핥았다. 마를 새 없는 눈물 자국에 빨갛게 물든 얼굴과 마치 녹이 슨 것 마냥 지저분한 앞발.

이런 내가 다시 예전으로 돌아갈 수 있을까?

엄마. 나는 잘 지내. 엄마도 잘 지내고 있는 거지…?

나의 두 번째 엄마

여느 때처럼 닫혀 있던 철창이 열렸다. 그런데 그날따라 한 번도 본 적 없었던 사람이 다가와 나에게 친한 척을 했다. 모든 게 다 귀찮아 죽겠는데, 계속 찾아와 내게 말을 걸었다.

지금의 우리 엄마였다. 기분이 좀 상하면 왕! 하고 엄마 손을 물어버렸지만, 엄마는 계속해서 날 보러 와줬다.

그런 만남을 몇 번 반복하면서 나는 엄마에게 어느 정도 경계를 풀게 되었다. 엄마가 안 오는 날이면 엄마가 기다려졌고, 엄마 목소리가 들리면 나도 모르게 꼬리를 흔들고 있었다. 나는 그렇게 엄마에게 조금씩 마음을 열었다.

그날도 여느 날과 같았다. 그런데 갑자기 내 목에 목줄이 채워졌고, 보호소 직원들이 나에게 굿바이 인사를 했다. 영문을 알 수가 없었지만 나는 눈앞의 간식 세례에 정신이 쏙 빠져 있었다. 정신없이 간식을 다 먹고 나니 이미 아차! 싶은 상황이었다.

낯선 승용차 뒷자리. 나를 위해 준비한 것 같은 꽃무늬 담요(마음은 고맙지만 정말 내 취향이 아니었다. 엄마, 이런 담요는 개도 안 써…)와 30킬로그램은 족히 나가는 개들이 사용할 것 같은 크기의 밥그릇에 담긴 물(혹시 뭐 대형견 입양하려다 실패하고 나 데려가는 건 아니지?)….

이게 어떻게 된 일인가 동태를 살피는 중에 갑자기 앞자리에서 나를 향해 손을 뻗는 엄마. 나는 깜짝 놀라 엄마의 손을 왕 하고 물어버렸다. 엄마는 우리 많이 친해진 거 아니었냐는 서운한 눈빛을 보냈지만, 난 엄마의 감정보다 처음 겪는 낯선 상황이 더 두렵고 무서웠다.

호랑이 굴에 잡혀 가도 정신만 바짝 차리면 살 수 있다고 하지 않았던가? 그런데 아무리 정신을 차리려고 애써도, 간식을 배불리 먹은 탓인지 졸음이 밀려와 두 눈이 자꾸만 감겼다. 대체 어디까지 가는 거야….

얼마나 시간이 흘렀을까? 나는 잠에서 깨어났고, 쉴 새 없이 달리던 자동차는 드디어 멈춰 섰다. 곧이어 문이 열리고 엄마는 내게 이제 내리자고 이야기했다. 하지만 나는 차 안에

서 한 발짝도 뗄 수가 없었다. 대체 나는 또 어디로 가는 걸까. 두렵고 무서운 생각에 겁이 나서 몸을 꼼짝달싹하기가 어려웠다.

기어코 나를 안아서 차에서 내리려는 엄마에게 내가 낼 수 있는 가장 무서운 소리를 냈다. 으르렁 하는 맹수 소리를 내며 경계하는 나와 난감해하는 엄마. 우리는 각각 차 안과 밖에서 30분이 넘도록 대치했다. 나의 샌프란시스코 입성 첫날이었다.

#엘에이촌개 #샌프란시스코입성

 원근감

두 번째 엄마를 만난 후 새로운 생활에 잘 적응을 했느냐고?
내가 바로 적응을 했다면 천하의 두부가 아니지. 새로운 환
경도 환경이지만 가장 힘들었던 것은 사실 한쪽 눈에 적응
하는 일이었다. 눈 한쪽이 없으면 세상이 완전히 달라 보인
다는 걸 경험해보지 않은 사람들은 모를 수도 있다. 하지만
세상에 원래부터 두 개인 것들은 다 그 이유가 있어서일 것
이다. 누군가는 장난처럼 한쪽 눈을 감고 쉽게 말한다. "다
보이네~!" 장난해?
눈이 하나만 있으면 거리감을 느끼지 못한다. 마치 카메라로
찍어놓은 사진처럼 세상이 납작해 보이고 원근감이 없다. 예
를 들어 나는 간식이 분명 어떤 지점에 있다고 생각해서 다

가가지만, 실제로는 전혀 다른 방향으로 가고 있다. 한쪽 눈으로는 사물의 정확한 위치를 알 수 없기 때문이다. 간식은 항상 내가 생각한 거리보다 멀리 있거나 가까이 있었고, 때로는 전혀 다른 방향에 있기도 했다. 분명히 내 한쪽 눈에는 밥그릇이 보이는데 내 다리는 자꾸만 다른 곳으로 가고 있었다. 나는 밥 하나 제대로 찾아 먹지 못하는 쓸모없는 개가 된 것이다. 짜증과 화가 났다.

쓸모없는 개는 나처럼 버려진다. 첫 번째 엄마는 그래서 나를 버렸다. 두 번째 엄마도 곧 나를 버릴 것이다. 나의 이런 불안과 화를 어떻게든 표출하고 싶었다. 나는 으르렁거리고, 시도 때도 없이 짖고, 물건이 보이는 족족 깨물거나 찢어놓았다. 엄마 손도 물었지만, 엄마의 친구가 오면 더 심하게 달려가서 물었다. 나의 두 번째 엄마는 한동안 내가 하고 있는 목줄을 풀어줄 수 없었다.

지금은 세상이 좋아져서 장애를 극복한 강아지들의 이야기를 텔레비전이나 SNS에서 손쉽게 볼 수 있지만, 그때만 해도 그런 게 없었다. 허허. 그래서 나는 자신을 더욱 더 지옥으로 몰아갔다. 바닥이 보일 때까지 자신을 상처 입히고 엄마를 괴롭혔다. 엄마는 지금도 가끔 그때를 떠올릴 때면 이렇게 말하며 자신을 칭찬한다.

"내가 어떻게 네 더러운 성격을 받아주고 보듬어줬지? 나 정말 너무 대견해."

엄마… 근데 그때 보듬어준 게 아니라 같이 화내고 싸웠잖아? 난 그때 말로 싸우는 투견장에 있는 줄 알았는데? 엄마가 자꾸 기억을 왜곡해서 당황스럽긴 하지만 나도 그때는 너무 심했던 걸 알아서 그냥 별말을 안 하고 있다. 그래도 이 말만은 꼭 하고 싶어. 엄마도, 보통은 아니야.

#나도너지만 #우리엄마성격도장난아닌부분

그때는 너무 심했던 걸 알아서 그냥 별말을 안 하고 있다.
그래도 이 말만은 꼭 하고 싶어. 엄마도, 보통은 아니야.

황금알을 낳는 사료

내가 엄마 집에 놀러온 친구를 물고, 엄마에게 사납게 짖으면 엄마는 엄청 속상해했다. 나는 그때 어쩌면 엄마를 시험하고 있었는지 모른다. 내가 이렇게까지 하는데 엄마가 날 안 버린다고?

나는 짖고, 물고, 뜯고, 망쳐놓는 데 이어 사료를 먹지 않겠다고 '사료 보이콧'을 선언했다. 엄마는 나를 타이르기도 하고 내게 화를 내기도 했다. 그럼에도 불구하고 나는 단식투쟁을 이어 나갔다. 엄마는 네가 안 먹으면 나도 안 먹는다며, 같이 투쟁하는 척하다가 두세 시간이 지나면 갑자기 전략을 바꿨다며 혼자 밥을 먹었다.

"내가 이렇게 먹는데도 네가 안 먹는다고?"

아무튼 엄마와 이런 식으로 '먹어라, 안 먹는다' 투쟁을 했다. 엄마가 자꾸 밥을 먹으라기에 소파 밑으로 들어가 있는데, 갑자기 엄마가 화난 듯이 냉장고 문을 열었다.

화났다고 또 먹는 걸로 스트레스 푸는 거야, 엄마? 엄마를 보면 그냥 먹고 싶어서 화를 내는 건지 화가 나서 먹는 건지 모르겠다. 엄마는 냉장고에서 닭고기를 꺼내더니 깨끗한 물에 씻었다. 그러고는 끓는 물에 삶았다. 닭 육수가 우러나는 냄새가 코를 찔렀다. 그 냄새를 맡으니 사실 지금껏 너무 배가 고팠다는 게 느껴졌다.

엄마는 다 삶은 닭고기를 가져오더니 내 눈 앞에서 쭉쭉 찢었다. 내가 그런다고 질투라도 할 것 같나? 엄마는 다 찢은 닭고기 하나를 자신의 입으로 가져가 넣었다. 아… 저 새하얀 살코기는 대체 무슨 맛일까?

그런데 갑자기 엄마가 그 닭고기를 그릇에 담아 내 앞에 두었다.

"두부야, 그렇게 안 먹으면 진짜 죽어. 너 안 먹으면 엄마 마음이 너무 아파. 지금은 용돈만 받아서 돈이 많이 없지만 엄마가 알바 열심히 해서 두부 맛있는 거 많이 사줄게. 제발 밥 좀 먹어줘."

갑자기 닭고기를 주네? 개로 태어나서 처음으로 경험하는 맛이었다. 이 엄마, 아무래도 정말 나랑 계속 같이 살 작정인가 보다. 나 지금 닭고기에 마음이 풀리고 있는 건가? 갑자기 마음의 문이 열리는 소리가 조금 들리는데…?

#마음닫은개도 #빗장을푸는마성의치킨 #우리는치킨의민족

아… 저 새하얀 살코기는
대체 무슨 맛일까?

마침내 가족

보호소에서 처음 엄마 집에 왔을 때 사실 나는 뭔가 불편했다. 하루아침에 또 바뀌어버린 낯선 환경이 불안했고 무서웠다.

어느 날 갑자기 사라져버린 한쪽 눈.
죽을 것같이 보고 싶은 첫 번째 엄마.
그리고 갑갑했던 보호소 생활의 트라우마…

모든 게 너무 힘들고 벅찼다. 엄마는 나에게 잘 대해주려고 했지만 사실 엄마도 나를 버릴지 모른다는 두려움을 견디기가 힘들었다. 그래서 엄마가 나가면 집 안의 모든 전선을 물어뜯었다. 전선을 물어뜯은 날이면 엄마는 전선을 치우며 한숨을 쉬었다.

나는 그런 엄마의 손을 다시 앙 하고 물었다. 엄마는 아파하며 손을 뺐다. 엄마는 나에게 "두부야, 전선 물어뜯으면 너무 너무 위험해. 절대 그러면 안 돼. 두부 아프면 안 되잖아."라고 말했다. 나는 그게 진심이 아니라고 생각했다.

하지만 내가 매일 전선을 물어뜯는데도 불구하고 엄마는 매일 아침 맛있는 밥을 줬고, 내가 푹신한 침대에서 잘 수 있도록 깨끗하게 정리해주었다. 그러는 사이 나도 모르게 엄마에게 점점 마음을 열고 있었다.

아침에 일어나 내가 누운 곳이 푹신한 침대 위인 것을 느낄 때, 비가 오나 눈이 오나 나를 하루에 서너 번씩 밖으로 데리고 나가 산책을 시켜줄 때, 늘 상냥한 얼굴로 나에게 백 번쯤 뽀뽀하는 엄마를 볼 때면 차갑게 얼었던 내 마음이 조금씩 녹는 것 같았다.

갑자기 물어뜯은 전선을 보고 엄마가 속상해하는 게 싫어졌고, 엄마의 팔을 물어서 엄마가 아파하는 게 싫어졌다. 그래서 그냥 안 했다. 그날 엄마는 퇴근 후, 아무 일이 없는 집을 보더니 갑자기 나를 안고 펑펑 울었다.

아니 엄마? 전선 안 물었는데 왜 또 울어?

#전선파개범 #회개1일차

아무 일 없는 날

입양 초기, 아주 가끔은 두부를 데려온 걸 후회할 때도 있었다. 나는 두부를 보자마자 마음을 온통 빼앗겼는데 상처가 있던 두부는 나에게 쉽게 마음을 열지 못했다. 힘든 아르바이트를 마치고 집에 돌아오면 깨끗했던 방이 어질러져 있고 전선은 물어뜯겨 너덜너덜, 신발은 난도질되어 있었다. 밥을 먹지 않고 그대로 남겨둘 때도 많았다. 속상했지만, 얼마나 상처가 크면 저럴까 싶어 안쓰럽기도 했다. 사춘기 고등학생 아들을 키우는 게 이런 느낌일까? 절대 자식은 안 낳겠다고 다짐하는 나날이었다.

물론 나는 천사가 아니므로 타이르기만 했던 건 아니다. 꽥! 소리를 지르며 두부를 붙잡고, "서로 피곤하게 이러지 말자,

응?" 이렇게 협박을 하기도 하고 무섭게 노려보기도 했다. 그러면 두부는 다시 내 손을 아프게 물었다.

'휴….
나 하나 책임지기도 버거운 삶인데.
불쌍한 애를 괜히 데려왔나….
내가 뭘 잘못해서 이러는 걸까.'

하지만 또다시 두부에게 상처를 줄 수는 없다는 생각이 들었다.
그래도 아침에 눈을 떴을 때 쌔근쌔근 자고 있는 두부를 보면 천사가 따로 없었다. 잠든 두부에게 뽀뽀를 쏟아붓고 하루를 버틸 힘을 얻어 학교에 갔다.
유독 지치고 외로웠던 2월의 어느 날. 오늘은 또 얼마나 난리를 쳐놨을까? 하며 현관문을 열었다. 그런데 세상에, 오늘은 정말 아무 일도 없었다! 그리고 문 앞에는 하얀 꼬리를 흔들며 나를 반기는 사랑스러운 두부가 있었다.

#오늘도물어뜯었으면 #너죽고나죽는시나리오 #구사일생

아니 엄마? 전선 안 물었는데 왜 또 울어?

나는 말티즈가 아닙니다

보호소에 들어갔을 때 처음 날 돌봐준 직원의 시력 또는 안목을 의심할 만한 일이 있었다. 어디 가서 한 번도 아쉬운 적 없는 외모에, 폭발하는 남성 호르몬 테스토스테론. 나는 동네 견공들 사이에서 늘 인기가 좋은 개였다.

그런 나에게 '부빠(Bubba)'라는 구린 이름을 지어주는 것도 모자라, 견종을 쓰는 란에 기어이 나를 '말티즈'라고 표기했던 그 직원.

사실 그 사람뿐만이 아니다. 지금도 산책을 나가면 나를 보고 "어머 말티즈네요." 또는 "얘는 비숑인가요?"라고 묻는 사람들이 부지기수다. 아니, 대체 어딜 봐서요?

나는 증조부모부터 뿌리 깊은 '믹스' 집안의 개다. 대충 봐서는 어떤 종과 어떤 종이 섞였는지 절대 예측이 안 될 만큼 유서 깊은 믹스 집안의 후손으로 당당하게 살아왔다.

나중에 DNA 테스트를 통해서 알게 되었는데, 나는 잉글리쉬 스프링거 스파니엘, 미니어처 푸들, 시추, 러시안 블랙테리어, 포인터, 퍼그, 코몬도르 그리고 그레이트 데인까지 무려 여덟 종이 섞인 믹스 중에서도 탑, '상믹스' 개였다.

놀라운 점은 나는 말티즈와 비숑의 유전자는 단 한 방울도 가지고 있지 않다는 거다.

#믹스온탑 #얼굴아무리봐도 #무슨종인지가능불가 #내가믹스다

두부는 어떤 종으로 이루어졌을까?

두부의 DNA를 통해 3세대에 걸친 증조부모까지 예측한 결과를 아래와 같이 공개합니다.

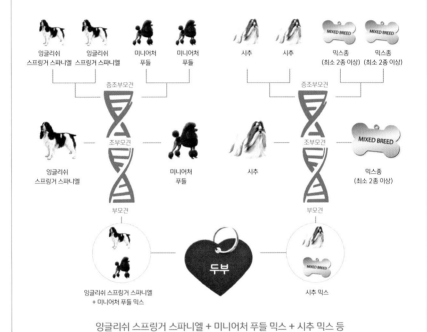

잉글리쉬 스프링거 스파니엘 + 미니어처 푸들 믹스 + 시추 믹스 등

 나는 증조부모부터 뿌리 깊은 '믹스' 집안의 개다

낭만의 도시 샌프란시스코

태어나서 미국 로스엔젤레스를 벗어난 적이 없었지만, 이제 나는 어엿한 샌프란시스코 거주견이 되었다. 날씨가 좋기로 유명한 캘리포니아인데, 그중에서도 샌프란시스코는 견생 최고의 장소였다. 맑은 공기, 시원한 바람 그리고 잔디가 잔뜩 있는 커다란 공원들. 기라델리 스퀘어 앞 공원을 누비다 보면 다양한 강아지들을 만날 수 있었다.

내가 처음부터 개를 무서워한 건 아니었다. 나도 공원을 누비며 만나는 강아지들과 인사하고, 특히 예쁜 강아지가 있으면 윙크도 날렸던 아득한 날이 있었다. 이렇게 눈을 다치기 전만 해도 그랬다.

엄마의 컨디션이 좋은 날이면 금문교가 보이는 가까운 바닷

가까지 산책을 하곤 했다. 끝없이 펼쳐진 바다를 보며 달리는 기분이란… 후후. 사람들은 뉴요커의 삶을 부러워하지만 샌프란시스코에서 생활하는 개의 즐거움을 아는 사람은 많이 없을 것이다.

서울 개가 되고 난 후에야 그때 샌프란시스코 사람들이 얼마나 여유로웠던 건지 비로소 알게 되었다. 샌프란시스코에서 엄마는 주말에 느지막하게 일어나 한 시쯤 브런치를 먹으러 갔는데, 서울 사람들은 누가 봐도 아침인 열 시부터 브런치를 먹으러 간다…. 무섭도록 부지런한 민족이 아닐 수 없다.

물론 우리 엄마는 여전히 늦게 일어나 '샌프란시스코 타임'을 따라가지만, 나는 회사의 대표가 된 뒤로 '코리아 타임'에 완벽히 적응해 이상하게 아침 여섯 시만 되면 눈이 번쩍 떠지고, 출근을 하고 싶어진다.

지금의 서울 생활도 좋지만 가끔은 나도 샌프란시스코가 그립다. 주홍색 금문교를 바라보며 공원에 소변을 보던 그때는 을매나 평화로웠게요~?

#우윳빛커튼너풀거리는 #샌프란시스코

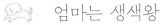 엄마는 생색왕

엄마는 아침에 일어나면 나에게 말했다. "두부야, 잘 들어라. 내가 너 때문에 수업 수강을 다 오후로 신청했거든? 그러느라 진짜 죽는 줄 알았다는 것만 좀 알아줘. 아침은 온전히 너에게 할애하려고 해. 어때? 너무 좋아?" 그러면서 침대에 누워서 나를 안고 뒹굴뒹굴….

엄마는 내가 보호소에서 나와 이곳에 충분히 적응할 수 있도록 오전 시간을 나에게 다 할애했다고 생색을 냈다. 아침에 눈 뜰 때도, 옷을 갈아입을 때도, 산책 시켜줄 때도 심지어 화장실 갈 때도(적당히 좀 하지).

그러다 점심시간쯤 되면 학교에 갔다. 학교에 가기 싫어하는 엄마의 표정을 생각하면 지금도 웃음이 난다. 엄마가 무사히

컨디션이 좋은 날이면 금문교가 보이는 가까운 바닷가까지 산책을 하곤 했다.
끝없이 펼쳐진 바다를 보며 달리는 기분이란….

학교를 졸업한 게 아직도 가장 큰 미스터리이다. 아무튼 엄마의 생색처럼 엄마가 오전 시간을 나와 충분히 보내준 덕에 내가 이곳에 잘 적응했는지도 모른다.

그렇게 엄마는 오후에 몇 개의 수업을 듣고 집에 돌아와 내 저녁밥과 간식을 챙기고 배변 처리를 해준 후 다시 나가곤 했다. 이번엔 아르바이트 하러 가는 거다. 엄마는 내 밥값을 벌기 위해 일하러 나간다고 또 생색을 냈다. 그러면서 심심해도 조금만 견디라고 했다. 하지만 엄마… 난 원래 혼자 있는 거 좋아하는 스타일이야. 적당히 하고 그냥 나가줘. 엄마의 말에 콧방귀를 끼곤 했지만 하루 종일 서서 일했는지 허리가 다 굽어서 지쳐 들어오는 엄마의 뽀뽀를 난 거절할 수가 없었다.

자주는 아니었지만, 엄마는 나를 끌어안고 가끔 울기도 했다. 그날은 엄마 고향의 큰 명절날이었지 싶다. 엄마는 나를 두고 혼자 갈 수 없다며 부모님과는 화상통화만 하고 미국에서 나를 보살펴주었다. 명절을 외로이 나와 보내는 유학생 엄마…. 엄마는 그렇게 나를 만나서 졸업하기까지 2년이라는 시간 동안 한 번도 엄마 고향에 가지 않았다.

우리 엄마의 생색은 가끔 나를 지치게 하지만, 다행인 건 내가 개라서 그 생색에 아무 대답을 하지 않아도 된다는 사실이다. 이제는 그냥 한 귀로 듣고 한 귀로 흘리는데 엄마는 모르겠지. 그래도 고마워 엄마. 내가 엄마를 많이 사랑하긴 해.

#생색돌림노래 #치떨리는생색 #과유불급

애니멀 커뮤니케이터

우리 엄마는 약간 텔레비전 중독자다(약간이 맞는지 모르겠네?). 지금도 거의 모든 텔레비전 프로그램을 잠 잘 시간을 쪼개가며 시청하고 있다. 한때 피디 지망생이었기 때문에 텔레비전에서 하는 프로그램은 다 챙겨 본다고 하지만 내가 보기엔 그냥 중독자인 듯하다.

어느 날은 한 프로그램에 '애니멀 커뮤니케이터'가 나왔다. 동물과 소통할 수 있다는 애니멀 커뮤니케이터가 말과 교감을 통해 주인에게 말의 속마음을 알려주는 에피소드였다. 그 말이 왜 2년 전부터 주인에게 삐쳐 있었는지를 알아내서 주인과 말의 관계를 회복시키는 감동적인 이야기였다. 예전에 한국에서도 〈동물농장〉이라는 프로그램에 하이디라는 사람이 나온 적이 있었는데, 우리 엄마 거기에 꽂혀버린 것이다.
엄마는 말하는 걸 너무 좋아해서 친구들과도 쉬지 않고 얘기하는데, 이제는 나와 대화를 하려고 마음먹은 것 같았다.
엄마는 인터넷 검색을 통해 동물의 마음을 잘 읽는다는 애니멀 커뮤니케이터에게 연락했다. 뉴욕에 사는 수잔이라는 애니멀 커뮤니케이터였다. 전화기를 통해 그녀의 말이 들려왔다.

"두부는 지금 이렇게 생각하고 있네요.
엄마~ 지금까지 난 장난감을 가져본 적이 한 번도 없는데,
이렇게 장난감을 가지게 되어서 너무 행복해."
"엄마, 나 사고뭉치인데 나를 좋아해줘서 너무 고마워."

그 말을 듣던 엄마가 눈물을 주르륵 흘리기 시작했다. 나는 사실 그때 뒤에서 뭘 주워 먹고 있었는데, 엄마가 울기에 놀라서 달려와 봤다. 갑자기 심리치료 분위기인데?
엄마가 100달러 가까이나 주고 애니멀 커뮤니케이터와 대화를 한 건 황당했지만, 그 정도로 내 속마음을 알고 싶어 하는 엄마의 마음이 내게도 전해졌다.
근데 엄마… 솔직히 그거 정말 사기인 것 같아.

추신. 뉴욕에서 '수잔'이라는 이름으로 활동하던 애니멀 커뮤니케이터를 찾습니다. 돈 돌려주세요!

#말못하는동물대상사기 #근절하라 #애니멀피싱

앗, 나의 실수

그 누구도 나의 고집을 꺾지 못한다! 만약 내가 인간이었다면 앉은 자리에 풀도 안 난다는 소띠였을 것이다. 아니면 선비? 나는 내가 고집하는 부분은 꼭 지키고야 만다. 나를 키우는 엄마는 그렇게 따라주기만 하면 될 뿐. 엄마가 가장 힘들어하는 내 습관은 바로 하루 서너 번 실외에서 배변을 해야 된다는 것이다. 나는 자연의 바람을 맞으며 소변을 눠야만 하는데 어떡하란 말입니까.

미국에서 한국으로 떠나기 전 엄마는 나에게 배변 특훈을 시키기 시작했다. 한국은 잔디가 있는 공원이 별로 없으므로 실외 배변이 힘들 것이라고 생각했던 것이다. 실내에서 배변을 시키기 위해 비싼 배변판도 사줘 보고, 인터넷에서 생장

디를 주문해서 집 안에 깔아놓기도 했다. 배송되어 온 생잔
디가 깔리던 날, 나는 진심으로 엄마가 장난하는 줄 알았다.

엄마⋯ 정말 내가 이걸 바깥 잔디라고 생각할 것 같아?
나는 실내에서는 절대 소변을 볼 수 없어.
그렇게 태어났다고.

나는 그때부터 방광을 막기 시작했다. 나무아미타불관세음
보살 아멘. 제발 오줌이 요도를 통과하지 않게 해주세요. 엄
마는 아주 강력하게 마음을 먹은 듯했다. 하루 종일 소변을
보지 않는데도 나를 절대 밖으로 데리고 나가지 않았다. 나
는 장장 3일간 참았다.
그날도 오줌을 참기 위해 잠에 들었다. 그런데 꿈에서 갑자
기 삐뽀삐뽀 소방차가 화재 진압을 하기 위해 불이 난 곳으
로 달려왔다. 아주 큰 불이 난 것이다. 소방 호스에서 세차게
물이 뿜어져 나왔다. 시원한 물줄기가 나에게까지 튀었다.
그리고 잠에서 깨보니 내가 3일치 오줌을 다 싸버리고 만 것
이었다. 그것도 아주 시원하게. 이건 지금도 내 자존심에 가
장 큰 상처다.
하지만 그런 날 보고 마음이 약해진 엄마는 실내 배변 전향

소방 호스에서 세차게 물이 뿜어져 나왔다.
시원한 물줄기가 나에게까지 튀었다.

을 포기했다. 자존심에는 조금 상처가 났지만, 하루 4회 산책을 얻어낸 것이다. 엄마의 케이오 패! 아무도 내 고집을 꺾을 수 없어!

#오줌한번쌌다고 #평생찍힌주홍글씨

내가 푹신한 침대에서 잘 수 있도록 깨끗하게 정리해주었다.
그러는 사이 나도 모르게 엄마에게 점점 마음을 열고 있었다.

산책을
꼭 해야 하는 이유

강아지에게 산책은 산소와 같다고 하죠. 그만큼 산책은 강아지에게 필수적으로 해줘야 하는 것인데요. 두부는 실외 배변만 가능하기 때문에 산책을 하루 네 번씩 하고 있어요. 강아지에게 왜 산책이 좋은지 지금부터 알려드릴게요.

1   체중 조절에 도움을 줍니다. 강아지의 비만은 관절 건강 등 여러 질병의 원인이 됩니다. 산책을 통해 운동을 하면 강아지가 적절한 체중을 조절하는 데에 많은 도움이 됩니다.

2   소화에 도움을 줍니다. 산책을 통해 장운동이 활발해지면 강아지의 소화와 배변이 원활해집니다.

3   스트레스가 해소되고 차분해집니다. 물건을 씹거나 긁고 파괴하는 등의 행위는 강아지가 스트레스를 받고 있

거나 소모되지 않는 에너지를 표출해야만 하는 경우에 나타납니다. 산책을 자주 하면 강아지의 스트레스가 해소되어 차분해지고, 편안하게 잠자리에 들 수 있습니다.

4   사회성이 높아지고 정신 건강에 도움이 됩니다. 강아지들은 서로의 냄새를 맡으며 세계를 배운다고 하죠. 산책을 통해 다른 강아지들과 소통하는 방법도 알게 되고 그 강아지들의 정보를 학습하는 과정을 통해 정신적으로도 유익한 경험을 할 수 있습니다.

5   주인과 사이가 좋아집니다. 강아지들은 자신이 좋아하는 산책을 시켜주는 주인에게 긍정적인 인식을 갖게 됩니다. 다른 사람과 강아지 등 여러 위협 요소 속에서 주인과 함께 산책을 하며 주인에 대한 신뢰도가 높아집니다.

약자에게 강한 개의 말로

나는 동족인 개를 무서워한다. 내 눈을 앗아간 게 바로 개이기 때문이다. 하지만 나는 개만 무서워할 뿐 다른 어떤 것도 두렵지 않다. 내가 비록 개로 태어났지만, 인간으로 태어났으면 추성훈 저리 가라 할 상남자가 됐을 것이다. 내가 비둘기에게 왕왕 짖으면 비둘기들은 나의 용맹함에 후두둑 날아가 버린다. 보았는가? 나의 이 용맹함을! 날개 있는 짐승들도 다 나를 무서워한다고!

엄마는 내가 작으니까 자꾸 나에게 뽀뽀하고 나를 부둥부둥 안는데 나 그런 쉬운 개 아니야! 엄마가 한바탕 나에게 뽀뽀하는 걸 겨우 견디고 옥상으로 갔는데, 엄마에게 나의 용맹함을 보여줄 기회가 생겼다. 날개 있는 짐승 한 마리가 옥상

난간에서 아래를 바라보고 있었던 것이다. 넌 누군데 내 영역 안에 들어와서 무게를 잡고 있어? 평소에 보던 흰색, 회색 새들과 다르게 이 새는 좀 까맣고 덩치가 있었다. 하지만 아무리 덩치가 있어도 이 두부님 앞에서는 꼬리를 보이고 도망가기 바쁠걸? 네놈도 예외는 아닐 거다. 나는 그 새에게 으르렁거리며 1차 경고를 날렸다.

하지만 갑자기 고개를 돌린 새가 나를 지그시 노려보았다. 아니… 부리가 왜 저래? 조금 위협적이긴 하네. 평소 보던 새들과 다르게 큰 부리와 매서운 눈 때문에 살짝 겁을 먹었지만 내 뒤에 엄마가 있었기 때문에 나는 엄마만 믿고 왕왕 짖기 시작했다. 그런데… 갑자기 그 새가 나에게 한 발자국씩 다가왔다. 발톱이 왜 저렇게 갈고리 같은 건데? 나도 모르게 뒷걸음질을 쳤다. 그 순간 엄마가 엄청난 속도로 달려와 그 새를 빗자루로 내쫓았다.

새는 빗자루가 무서워 도망치는 게 아니라 귀찮아서 도망친다는 듯이 훗~ 하며 커다란 날개를 퍼덕이고 날아갔다.

"두부야… 너 미쳤어? 너 방금 요단강 건널 뻔했어. 쟤 독수리야!!!"

살짝 겁은 먹었지만 내 뒤에 엄마가 있었기 때문에
나는 엄마만 믿고 왕왕 짖기 시작했다.

엄마는 내 생명의 은인이었다.

#독수리없는서울시티만만세

 바잇미의 시초

장수하고 싶었다. 다른 욕심은 크게 없다. 내가 장수하고 싶은 이유는 다른 친구들과 다르지 않을 것이다. 엄마, 아빠랑 오래오래 함께 살고 싶은 것.

그러다 보니 상온에 두어도 절대 썩지 않는 간식이나 지방 함량이 높은 사료들이 모두 나쁜 음식은 아니겠지만, 어쩐지 꺼림칙했다. 내 작디작은 6킬로그램 남짓한 옥체에 무리가 갈 것만 같았다. 시중에 파는 간식들을 조금만 먹어도(사실 조금 먹은 건 아니다. 배가 찰 때까지 먹긴 했다) 알레르기로 닭똥 같은 눈물을 흘리는 나를 보고 엄마는 나에게 더 나은 음식을 주기 위해 애썼다.

50달러짜리 가정용 건조기와 '반려동물을 위한 식이요법'이라는 책이 집으로 배달되었다. 유학생이었던 엄마는 하라는 공부는 게으르게 하면서, 생닭을 썰어 말린 간식을 만들어 나를 먹이는 데 정신이 팔렸다. 나는 별다른 첨가물 없이 원재료만 가지고 만든 엄마의 간식을 먹게 되면서 여러 알레르기 증상들이 개선되었다. 오랜 시간 동안 물들어버린 눈물자국이 점점 옅어졌고, 가려움에 몸을 긁는 일도 줄어들었다.

엄마는 본인이 만든 간식으로 이렇게 바잇미라는 회사의 바지 사장 노릇까지 할 생각은 없었던 것 같지만, 지금 와서 생각해보면 이게 바잇미의 시초가 됐던 것 같다.

#우리엄마허준아님? #알레르기퇴치사

좋은 사료
고르는 법

우리는 치킨도 먹고 삼겹살도 먹지만, 강아지들은 사료 위주의 식사를 먹는 경우가 대부분입니다. 그래서 좋은 사료를 고르는 것은 대단히 중요합니다. 저는 사료를 고를 때 다음과 같은 기준으로 따져봅니다.

1   영양이 충분한 사료인가?

보통 사료는 연령 1년 이하의 강아지용 사료인 '퍼피(자견용, 어린 강아지용)', 1년 이상의 강아지를 위한 사료인 '어덜트(성견용)', 7~8년 이상의 강아지를 위한 '시니어(노령견용)'으로 나눠집니다. 그중 퍼피 사료에 대한 미국사료협회 AAFCO의 기준에 따르면 조단백 22.5퍼센트 이상, 조지방 8.5퍼센트 이상, 칼슘 1.2~1.8퍼센트, 인 1~1.6퍼센트이며, 칼슘:인이 1:1 ~ 2:1 비율인 사료가 영양소를 체내에 흡수하기에 좋다고 합니다.

최소비율	성장기 강아지	성견	최대치
조단백질	22.5%	18%	-
조지방	8.5%	5.5%	-
칼슘	1.2%~1.8%	0.5%	2.5% (성장기대형견1.8%)
인	1%~1.6%	0.4%	2.6%
칼슘:인	1:1~2:1	1:1	2:1

표: 미국사료협회 AAFCO기준

2   등급이 좋은 사료인가?

사료의 등급은 미국사료협회에서 정한 등급이 표준입니다.
좋은 순서대로 유기농 사료→홀리스틱→슈퍼 프리미엄→
프리미엄→마트용 사료로 구분됩니다. 각 등급에 해당하는
사료 브랜드들은 인터넷에 검색하면 공개되어 있습니다.

3   기호성이 좋은 사료인가?

기호성이란 동물이 사료를 섭취할 때 느끼는 특성으로 사료
의 외형, 냄새, 온도 등 다양한 요인에 의해 결정됩니다. 아
무리 비싼 사료라도 강아지 입맛에 맞지 않으면 안 되겠죠.
사료의 크기도 중요한데 소형견은 작은 알갱이, 대형견은 큰

알갱이를 좋아하며 육류 냄새가 날수록 기호성이 높습니다. 가격이 좀 싸더라도 일단 강아지가 잘 먹는 걸 선택해야 해요. 그래서 다양한 샘플을 신청해서 먹여본 후에 결정하는 것이 좋습니다.

사료는 한 가지 사료를 평생 먹이는 것보다 일정 기간 동안 먹이다 바꿔주는 게 좋아요. 또 식이 알레르기가 있는 친구들은 주 단백질원을 잘 체크해서 사료를 골라야 해요. 사료를 급여한 뒤에 눈물을 흘리거나, 귀를 심하게 긁는다면 식이 알레르기를 의심해볼 수 있어요.

밥값 한번 해볼까?

하루 네 번 산책 필수, 웬만한 사료는 거들떠보지도 않는 까다로운 식성, 보통 강아지들이 가진 모태 애교 없음.

누군가는 엄마에게 두부 같은 강아지 키우느라 힘들겠다, 애교가 없어서 키울 맛이 안 나겠다고 말하지만 사실 내가 밥만 축내는 그런 강아지는 아니다. 물론 저렇게 말하는 사람들이 나쁜 거지만 가끔씩 내가 너무 개답지 않아서 엄마가 나를 싫어할까 봐 걱정이 되기도 했다. 사람도 공부 못하고, 백수 상태로 오래 있으면 괜히 부모님께 죄송한 마음이 들고 그렇잖아요? 아니에요? 나만 그래요?

지금까지 이렇게 살아와 놓고 갑자기 웬 자기 성찰이냐고 할 수도 있겠지만, 나도 어떻게 하면 엄마를 기쁘게 해줄 수 있을지 나름대로 많이 고민했다. 엄마는 혼자 있어도 즐거워하는 스타일이라서 굳이 내 애교가 필요한 것 같지는 않았다. 우리 엄마, 자기보다 애교 많으면 오히려 좀 부담스러워하는 스타일이랄까? 아무튼 몇 년에 걸친 견생을 통해 내가 어떻게 하든 나에 대한 엄마의 사랑이 변하지 않을 것임은 알고 있다. 그치 엄마? 빨리 그렇다고 해!

그래서 엄마에게 도움이 되기로 결심한 일이 있다. 바로 낯선 사람들로부터 엄마를 보호하는 것이다! 특히 쇼핑 중독인 엄마는 집으로 택배를 자주 시켰다. 하지만 수많은 택배 아저씨들 중에 악당이 숨어 있을지도 모르는 일. 나는 엘리베이터에서 땡~ 하는 소리만 들리면 문을 향해 맹렬하게 짖기 시작했다. 처음에는 분명히 엄마와 집을 지키려고 시작했던 일인데, 어째 하다 보니 묘하게 스트레스가 풀린다. 옆집에서 들리는 발소리에도 다 짖어주겠어! 오호? 아랫집도? 아니다, 그냥 샌프란시스코로 들어오면 다 짖어버리겠다! 왈왈! 아무도 날 막을 수 없어!

내가 너무 큰 소리를 내서 덩치 큰 미국 택배 아저씨들도 감히 쉽사리 문을 열지 못했다. 그러다 간신히 문을 열면 의외로 너무 작은 덩치의 개가 있어서 당황해했다. 나, 진격의 6킬로그램이거든요?

엄마는 제발 이러지 말라며 매번 나를 혼냈지만, 내가 엄마를 위해 할 수 있는 일은 이렇게 엄마를 지켜주는 것밖에 없는걸?

#밥값하는거맞는지의문 #스트레스해소용방범짖음

엄마의 졸업식

아침부터 엄마가 분주한 날이었다. 매일 머리를 질끈 묶고 화장도 안 하고 헐레벌떡 학교에 가던 엄마였는데, 이 날은 갑자기 아침부터 위이잉 드라이기로 머리를 말리고, 곱게 화장도 했다.

"두부야~ 오늘 엄마 학교 졸업하는 날이야. 두부도 같이 가서 축하해줄 거지?"

엥? 이게 무슨 소리야? 이런 중요한 행사가 있으면 나한테 미리 말을 했어야 할 거 아니야. 그래서 엄마, 나는 언제 드라이 해줄 건데? 이렇게 갈 순 없잖아. 엄마 친구들도 다 있는데 내 체면은(나는 좀 체면을 중시하는 편이다. 겉치레 많은 스타일)?

그래서 엄마, 나는 언제 드라이 해줄 건데?

그런데 엄마는 자기만 드라이 하고, 화장하고, 예쁜 옷을 입고, 졸업 가운을 입었다.

"우리 두부는 아무것도 안 해도 너무 예뻐! 아유~ 내 새끼."

평소에는 두부라는 이름과 다르게 꼬질꼬질하다고 나를 놀리면서 갑자기 미안했는지 내 외모를 칭찬한다. 나는 바보같이 그 말을 믿어버리고 엄마를 따라 쫄래쫄래 학교에 갔다. 캠퍼스에서 내 외모나 한번 뽐내볼까? 그런데 이게 웬걸? 나 외에 다른 강아지들은 같이 학사모를 맞춰 쓰기도 하고, 옷도 예쁘게 입고 있었다. 점점 심기가 불편해지고 있는

데 갑자기 어떤 아줌마가 나에게 다가왔다.

"어머~ 니가 두부구나. 어휴~ 귀여워!"

누…누구세요?

"두부야, 네 외할머니야. 엄마의 엄마!"

이 날은 엄마의 엄마를 실제로 처음 본 날이었다. 이렇게 외할머니와 나의 인연은 꼬질꼬질한 첫인상으로 시작되었다. 엄마! 정말 너무해!

#사진좋은표정으로못찍는다 #엄마민꾸민거용서못해

첫 비행

어느 날부터 엄마는 나에게 정해진 시간에, 너무나 지독하게 정확해서 치가 떨리는 일정한 양의 사료만을 주기 시작했다. 나는 영화 〈올드보이〉에서 13년 동안 군만두만 먹었던 최민식처럼 독기를 품게 되었다. 함께 산 지도 2년이 훌쩍 넘은 시점에 갑자기 달라진 엄마의 군기반장 같은 태도는 나를 숨 막히게 했다.

약 한 달간 이어진 식단 조절의 종착역은 샌프란시스코 국제공항이었다. 나는 인터넷에서 싼 값에 사서 마감이 다소 허접한 이동 가방에 넣어졌다. 곧 무게를 측정할 예정이었기에 엄마는 초조한 마음으로 기다리고 있었다. 반려동물 비행기 탑승에 필요한 여러 가지 서류를 건네받은 직원은, 엄마와 사담을 나누느라 가장 중요한 나의 몸무게를 재지 않았다. 나의 커다란 머리를 보고 조금 갸우뚱하는 듯했지만, 작디작은 이동가방에 담긴 나를 보고 소형견이라고 생각한 모양이었다. 나는 그렇게 운 좋게(?) 비행기에 탑승할 수 있게 되었다.

나중에 들은 이야기지만, 원칙상 이동가방 무게를 포함해 5킬로그램 이내일 경우에만 기내에 탑승할 수 있다고 한다. 평생 몸무게 5.5킬로그램 이하인 적이 없었던 나. 이미 신체 장기를 하나 들어내지 않는 이상 말이 안 되는 게임이었는데, 왜 한 달간 나는 소량의 밥을 먹은 것일까?

#엄마나그냥많이먹고 #화물칸탈래 #식욕만능주의

동방예의지국으로 떠나다

비행기라는 운송 수단에 무사히 안착하기에 급급한 나머지 나는 내가 어디로 가는지조차 알지 못했다. 나름 주체적인 삶을 영위하며 사는 자기주도적인 개라고 생각했는데, 싸구려 이동가방에 실려 어디로 가는지조차 모르는 꼴이라니. 기내 탑승을 할 수 있다는 사실에 기쁨을 감추지 못한 엄마는 육포로 나를 달래며 우리의 목적지를 알렸다.

네? '한국'이요? 엄마 한국인이었어?
게다가 열한 시간 걸린다고요?

콜럼버스 형님이 발견한 신대륙, 아메리카의 개로 살던 나에게 한국이라는 생소한 목적지라니⋯. 내 이름이 두부일 때부터 알아봤어야 했는데. 진작 눈치를 채지 못했다는 사실이 내 영특한 이미지에 오점을 남기는 것 같아 마음이 쓰리다.

그나저나 한국이든 어디든 다 좋은데, 이렇게 멀리 비행기를 타고 가버리면 첫 번째 엄마를 정말로 다시는 못 볼 수도 있겠다는 생각이 머릿속을 스쳤다. 나는 아직도 나의 첫 번째 엄마에게 무슨 사정이 있었을 거라고 생각한다. 왜냐하면 나는 아직도 첫 번째 엄마가 많이많이 보고 싶으니까⋯.

나의 무거운 마음과는 별개로 한국행 비행기는 이륙을 준비했다.

#장유유서의서막 #미국개는그런거몰라요

2

극한직업
강아지 CEO

입국

장장 열한 시간 동안의 긴 비행이었다. 낯설고 커다란 소음
에 불안감이 밀려올 때도 있었지만, 엄마 냄새를 맡으며 엄
마 발밑에 있을 수 있어서 그리 나쁘지 않았다. 기내식이 두
번이나 나의 후각을 자극했지만 매정한 엄마는 빵 부스러기
하나 내게 건네지 않았다(원래 냉정한 스타일인 건 알았지만, 새
삼 정이 떨어지는 기분이었다).

비행 시간 내내 엄마가 건넨 사료와 물은 입에도 대지 않았
다. 엄마는 내가 불편하거나 불안해서 거절한 줄로 알고 있
지만, 내가 진짜 먹고 싶었던 건 빵 부스러기였기 때문이다.
시간이 흐르자 맛없는 사료라도 먹고 싶은 마음이 굴뚝같았
지만 체면을 구기는 것이 영 내키지 않아 비행기에서 내릴

때까지 반은 자의로, 반은 타의로 식음을 전폐했다.

그렇게 약 열한 시간의 사투가 끝나고 비행기는 멈춰 섰다. 엄마는 최대한 빨리 비행기에서 나와 이동가방에서 나를 꺼냈다. 나는 열한 시간 동안 참았던 소변을 인천공항 화단에 시원하게 누었다(이렇게 또 마킹으로 인천공항 접수하는 건가).

급했던 소변을 해결하고 나니, 여기 이곳! 새로운 냄새가 천지다!

#강아지계의한비야 #엘에이찍고샌프란시스코찍고대한민국

문화충격

갑작스런 한국행보다 더 충격적인 사건들이 끊임없이 일어나는 이곳, 다이나믹 코리아!

평생 캘리포니아에서만 살던 나는 인천공항에서 또 비행기를 타고 이번에는 김해공항에 내리게 되었다. 이곳이 엄마의 본가인 부산이라고 했다. 아니! 대한민국의 수도 서울 구경도 아직 안 했는데, 바로 지방으로 가는 건 반칙 아닌가?

그렇게 도착한 부산은 어쩐지 샌프란시스코와 비슷한 느낌이 있었다. 짭쪼름한 바다 냄새와 뜨거운 햇빛.

"두부야~ 이제 여기가 새로운 우리 집이야."

엄마는 할머니, 할아버지가 있는 집에 신발을 벗고 들어갔다. 엄마! 신발을 벗으면 어떡해. 바닥이 더럽잖아! 하지만 이미 할머니와 할아버지도 신발을 벗고 있었다. 심지어 발로 밟고 다니는 바닥에 드러누워 가족 모두가 뒹굴뒹굴하고 있기도 했다.

처음에는 놀랐지만 나중에는 할머니, 할아버지, 엄마, 삼촌까지 모두 그러니까 나도 사람들이 신발을 신지 않고 생활하는 것에 익숙해졌다. 진정한 평등이랄까? 미국에서는 상상도 할 수 없었는데, 바닥에 드러누워서 나와 놀아주는 삼촌의 자세에 흠칫 놀라기도 했다.

그리고 나는 사료를 먹는데, 옆집 개는 국에 밥을 말아 먹는다고 했다. 사료가 아니고 정말 문자 그대로 '쌀밥'. 요즘은 그런 사람들이 거의 없겠지만, 옆집 개는 나이 많은 할머니와 함께 살았기에 그런 식단으로 밥을 먹는다고 했다. 너무 놀랐지만 사실 부러운 마음이 더 컸다. 나도 뜨끈한 국밥 한 번 시원하게 먹어봤으면….

또 다른 문화충격은 이곳에는 잔디가 있는 공원 대신 모래 가득한 놀이터만 있다는 것이었다. 처음 야외에 나와 소변을 내뿜었을 때, 푸르른 잔디가 주는 쾌감 대신 모래가 눅눅하게 젖어 색깔이 변하는 치욕스러움이 너무나도 충격이었다.

하지만 무엇보다 가장 놀라웠던 점은 나에게 이렇게 많은 가족이 있다는 것! 항상 혼자이거나 엄마와 단 둘인 줄 알았는데, 한국에는 참 많은 가족이 있었다.
한국 패치 부착 완료!

#남의문화좋은점은빠르게흡수힌다 #여기국밥한그릇이요

제주도 가족 여행

날씨가 좋았던 초여름. 우리 가족은 모두 함께 제주도로 여행을 갔다. 증조할머니, 할아버지, 할머니, 엄마 그리고 삼촌. 삼촌은 평소 좀 시크한 성격인 줄 알았는데, 정말 대반전인 사건이 일어났다. 정말 남사스럽게도 온 가족이 내 얼굴이 그려진 티셔츠를 입고 제주도 여행길에 오른 것이다. 내가 아무리 귀여워도 그렇지, 좀 조용히 좋아해주면 안 되는 거냐고요! 삼촌만은 그 계획에 반대할 줄 알았는데, 삼촌마저 내 얼굴이 새겨진 옷을 입고 제주도를 활보했다. 사람들이 지나가면서 모두 한마디씩 했다.

"어머 저 사람들 좀 봐. 저 강아지네! 저 강아지 옷인가 봐."

그런 관심을 즐기는 가족들을 보니 이 집안은 태생이 '관종'

인가 싶어서 약간 소름이 돋았다.

나는 기분이 언짢았지만 내 기분과는 달리 제주도는 무척 아름다웠다. 섬에 와본 것은 처음이었는데 주변이 모두 바다인 게 퍽 신기했다. 맛있는 음식을 파는 식당도 어쩌나 많은지. 갈치조림, 흑돼지구이, 흑돼지 버거, 고기 국수…. 정말 먹을 것 천지였다.

그중에서 가장 맛있어 보인 것은 전복밥이었다. 그때는 내가 바잇미 대표가 아니어서 아무도 나에게 전복을 주지 않았다. 지금이라면 당연히 특전복밥을 시켜줬을 텐데…. 서럽게도 나는 그때 직업이 없었다. 그냥 엄마 아들이어서, 가지고 간 사료와 간식을 먹을 뿐이었다.

자기들끼리 전복밥으로 몸 보신하고 걸어가는데 얼마나 얄밉던지. 내가 치사해서 돈 번다고 결심을 했던 게 아마 이 제주 여행 때였던 것 같다.

#내가대표가되기로결심한이유 #전복밥그사무치는이름

 # 간식 만들던 버릇 남 못 준다

유학 생활을 마치고 돌아온 엄마에게 한국은 그리 만만한 곳이 아니었다. 엄마는 아르바이트로 영어 강사 일을 하면서 취직 준비를 병행했다. 엄마가 바빠지면서 나는 다시 시중에 파는 간식들로 연명해야 했고, 결국 알레르기와 피부병이 재발하고 말았다.

엄마는 미국에 버리고 온 50달러짜리 건조기를 그리워하며 밤마다 사경을 헤매다가, 결국 홈쇼핑을 보다 리큅 건조기를 구매하고 말았다. 언론 고시를 준비한다더니 유야무야 닭고기를 썰었다. 스터디의 글쓰기 숙제는 하지 않으면서 혼신을 다해 오리고기를 말렸다.

엄마가 자신을 조선시대 백정쯤으로 착각한 것이 아닐까 하는 생각이 들 때쯤 엄마는 본인의 간식을 시중에 소개하기에 이르렀다. 작은 가정용 건조기로 정성껏 말린 육포를 예쁘게 포장해서 주말마다 플리 마켓에 참가해 판매했다. '엄마. 어디 내다 팔 실력은 아니잖아?'라며 엄마를 뜯어말리고 싶었지만, 개라서 말을 할 수 없는 내 처지에 대한 비관만 돌아올 뿐이었다.

주로 의류와 패션 액세서리 품목이 많은 플리 마켓에서 엄마의 간식은 나름 신선한 아이템이었다고 한다. 그렇게 엄마는 주말마다 전국을 쏘다니며 장돌뱅이로서의 입지를 굳건히 했다.

그리고 그때부터 시작된 〈Buy 2 Give 1〉 캠페인. 누군가 간식을 두 개 사면 엄마가 따로 한 개를 더 만들어서 유기견 보호소 친구들에게 선물한다고 했다.

아니, 나 먹을 것도 없는데 무슨 소리죠…?

#우리엄마탐스슈즈설 #요식업비전공자의당당한창업

강아지를 사로잡는
마성의 간식 만들기

강아지에게 먹는 것은 너무나 중요해요. 집에서도 쉽게 만들 수 있는 심플 홈메이드 간식 레시피, 간식집 사장 두부가 알려드려요.

닭가슴살 육포 (닭가슴살 적당량−한 봉지 기준 100g, 우유, 식초)

1   닭가슴살을 식초물(물 500ml당 식초 2큰술)에 20분간 담궈 소독한다.

2   소독한 닭가슴살을 우유에 10분간 재워 남아 있는 잡내를 제거한다.

3   닭가슴살을 원하는 크기로 자른다.

4   자른 닭가슴살을 가정용 건조기에 넣고 65도에서 여섯 시간 정도 건조한다.

5   엄마표 무방부제 닭가슴살 육포 완성!

⚜ 노견을 위한 황태 푸딩 (황태 200g, 한천가루 20g)

1 황태를 하루 동안 물에 담궈 염분을 제거한다(물은 수시
로 갈아준다).

2 염분을 제거한 황태를 잘게 자른다.

3 잘게 자른 황태를 끓는 물에 삶는다.

4 추가하고 싶은 채소가 있으면 함께 삶는다.

5 끓는 물이 자작해질 때쯤 한천가루를 소량 넣는다.

6 상온에서 서서히 굳힌다.

7 노령견도 부담 없이 먹을 수 있는 푸딩 완성!

⚜ 소떡심 껌 (소떡심 적당량)

1 소떡심을 끓는 물에 삶는다.

2 삶은 소떡심에 덕지덕지 붙어 있는 지방을 칼로 긁어서
제거한다.

3 강아지가 먹기 좋은 크기로 자른다.

4 65도 건조기에서 일곱 시간 정도 건조하면 완성!

영양 황태 오리 쿠키

(박력분 50g, 황태파우더 20g, 오리안심 40g, 올리브유 2큰술)

1   오리안심을 잘게 다진다.

2   다진 오리안심과 박력분, 황태파우더, 올리브유를 함께 잘 섞어준다.

3   섞은 반죽을 냉장실에서 30분간 휴지시킨다.

4   원하는 모양으로 반죽을 잘라, 오븐 트레이에 올린다.

5   180도로 예열한 오븐에 13분간 구워주면 완성!

당근 치즈 스틱 (락토프리 우유 1000ml, 식초 3큰술, 당근 적당량)

1   락토프리 우유를 냄비에 넣고 중약불로 끓여인다.

2   우유가 끓으면 소량의 식초를 넣는다.

3   불을 끄고 기다리면 치즈가 만들어진다.

4   치즈를 망에 넣고 물기를 꽉 제거해준다.

5   다진 당근과 물기를 제거한 치즈를 함께 섞어준다.

6   강아지가 먹기 좋은 사이즈로 모양을 만들어준다.

7   60도 건조기에서 다섯 시간 동안 건조하면 완성!

화명동 행복이

지금은 내 밑에서 바지 사장으로 간식을 만들고 있지만, 우리 엄마도 꿈이란 게 있었다! 우리 엄마의 꿈은 예능 피디였다. 우리 엄마는 진짜 웃긴 사람이다. 유머 없는 상황을 못 참는 스타일. 거기다 좋아하는 텔레비전 프로그램을 직접 제작할 수 있으니 엄마가 생각하기에 예능 피디는 엄마의 천직이었다.

아무튼 엄마가 예능 피디를 꿈꿀 때, 언론 고시를 통과해야만 해서 서울에서 스터디를 하고 학원을 다녀야만 했다. 그래서 나도 당연히 서울에 따라가게 되었다. 그렇게 엄마와 나의 서울 동거는 작은 원룸에서 시작되었다. 엄마는 나의 배변 습관 때문에 아침에는 30분 일찍 일어났고 오후에는

기분이 좋은 날이면 여지없이 나를 행복이라고 불렀다.

학원 수업을 마치고 스터디에 가기 전에 집에 다시 들렀다. 스터디가 끝나면 또 집에 와서 저녁 산책을 시켜줬다. 그럼에도 하루 종일 혼자 있는 내가 안쓰러웠던 엄마는 서울 생활 3개월 만에 결단을 내렸다. 나를 부산 화명동, 즉 외할머니네에 잠시 보내기로 한 것이다. 엄마… 밤에 친구들이랑 술 마시고 놀려고 나를 부산에 보내는 거 아니지?

그때부터 나의 화명동 라이프가 시작되었다. 대한민국의 수도 서울에서 〈도그 앤 더 시티(Dog and the City)〉를 찍어보나 했는데, 화명동이라뇨? 그다지 탐탁치는 않았지만 나에게는 선택의 여지가 없었다.

할머니는 바쁜 엄마와는 다르게 나와 많은 시간을 보내주었다. 엄마도 한 달에 한 번은 꼭 나를 보기 위해 부산에 왔다. 엄마는 곧 합격해서 나를 데려갈 테니 조금만 기다리라고 했다(결국 합격은 영원히 못 했지만, 나를 다시 데리러 오긴 했지). 할머니는 엄마와는 다르게 밥도 늘 고봉밥으로 줬다. 엄마에 비해 목욕 횟수가 현저히 늘어난 것은 불만이었지만, 모든 것이 풍족하고 만족스러웠다.

다만 할머니는 가끔씩 나를 '행복이'라고 불렀다. 처음엔 내가 잘못 들었다고 생각했다. 하지만 기분이 좋은 날이면 여지없이 나를 행복이라고 불렀다. 개 팔자는 이름 따라간다나 뭐라나.

#할머니내가말안하고가만히있으니까 #만만해보여? #행복이가워나
#견권침해

우리 할머니는 비달사순

나에게 외모 암흑기가 있었다면, 그것은 바로 화명동에서 생활하던 때가 아닐까. 할머니는 개는 '털발'이라며, 내 미용에 촉각을 곤두세우고 다양한 스타일을 추구했다. 아마 지금의 내 모습을 기억하고 있는 사람들이라면, 과거의 내 모습을 보고 성형 의혹이나 다이어트 의혹을 제기할지 모른다(과거 사진 좀 내려주세요, 제발. 어디에 문의하면 되나요?).

할머니는 늦게 배운 스마트폰으로 매일 새로운 강아지 미용 스타일을 검색해서 내 털이 자라면 미용사에게 찾아가 디자인을 부탁했다. 떨리는 가위질. 내 눈앞에 떨어지는 나의 털들….

내 머리를 다듬어주는 누나는 할머니가 내민 사진 한 번, 나한 번 쳐다보며 심혈을 기울여 가위질을 했다(이거 이렇게 심 각할 일인가요?). 가위질이 다 끝나고 거울을 보는 순간… 뜨 거운 눈물이 내 볼 위를 타고 흘렀다. 혹시 미용사랑 할머니 랑 둘 다 같이 고소해도 되나요? 이런 외모로 동네 개들에게 어떻게 어필하면서 살아가죠?

나의 자아를 의심하게 만들 정도의 새로운 모습. 과연 엄마 가 나를 알아볼 수 있을까 싶을 만큼 극단적인 외모의 변화! 할머니는 좋겠다. 매번 다른 강아지 키우는 것 같아서… 할 머니의 확고한 미용 철학은 그렇게 매번 나를 상상 속의 동 물로 만들었다.

그러고 보니 할머니, 근데 왜 할머니는 항상 똑같은 머리야?

#내과거사진없애는데 #얼마면되나요 #돈으로되나요

간식의 향연

할머니와 생활한 지 얼마 되지 않았을 무렵이다. 난 옆집 개에게 죽여주는 국밥의 맛을 전해 듣고 난 후 단식 투쟁을 벌였다. 평소에 사료는 거들떠보지도 않다가 주위에 아무도 없을 때만 티 안 날 정도로 한두 알 겨우 입에 집어넣었으니, 가히 사투라고 말할 수 있다. 아무튼 그 힘겨운 사투를 보다 못한 할머니는 결국 건조기를 구입하더니, 황태 채를 건조기에 넣어 말리기 시작했다. 아아! 비록 국밥은 아닐지언정, 이 얼마나 큰 수확이란 말이더냐! 길었던 투쟁의 끝은 달콤하구나!

그런데 내가 고소한 황태 채 냄새에 정신이 혼미해지고 있을 무렵, 할머니는 갑자기 전화를 받고 어디론가 홀연히 사라졌다. 다 건조된 황태 채 접시를 베란다 바닥에 내버려둔 채로…. 평소에 나는 엄마가 주지 않은 음식에는 일절 입을 대지 않았다. 어릴 때 캘리포니아에서 배운 매너였다. 그런데 지금 여긴 한국이잖아? 그리고 나 개잖아(평소에는 인간처럼 살지만, 이럴 때는 내가 개인 걸 많이 어필하는 편이다)?

갈등은 짧았고, 황태 채는 달콤했다. 굶주렸던 나는 건조판 위를 마구 누비며 인정사정없이 황태 채를 격파했다. 나중에 이성이 돌아왔을 땐 이미 바닥에 황태의 처참한 잔해들뿐이었고, 나는 본능적으로 어두운 곳을 찾아 숨어들었다.

그날 밤, 할머니는 내 온몸에 붙은 황태 부스러기를 떼어내며 밤새도록 나를 다그쳤다. 하지만 그 순간에도 나는 떨칠 수 없었다. 수많은 황태와 판 위에서 벌였던 그 칼춤을, 그 전율을.

#기회가오면빨리잡는편 #황태들어올때노젓는스타일

판도라의 밥풀

누구나 알다시피 강아지는 육식을 주로 하는 잡식성 동물이다. 하지만 나는 육식동물의 삶을 포기했다. 인간 가족들 입에 들어가는 것은 나도 다 먹어야 직성이 풀리기 때문이다. 엄마와 떨어져 지내서 힘들긴 했지만 화명동에서 지내는 동안 사료가 아닌 인간의 음식을 맛보게 해주는 식구가 많아 그 맛이 꽤 쏠쏠했다.

염분 때문에 반찬은 나눠 먹지 못해 시무룩해하는 나를 안타깝게 여긴 할머니는 나를 위해 인간용 특식을 양보하기도 했다. 알토란인지 황금알인지 텔레비전에서 생활 정보 프로그램을 본 할머니는 생식이 개에게 좋다는 말을 듣고는 생닭고기를 내게 내밀었다. 생 닭고기는 천국 그 자체였다. 내 밥그릇 앞에 통째로 던져진 닭고기를 보고 처음에는 이게 뭔지 갸우뚱했지만 이내 나는 닭고기를 물고 베란다로 총총 뛰어가 다리 한쪽을 다 먹어치웠다. 생고기를 먹을 때면 내 입가는 엄마가 자주 보는 미국 드라마의 살인마 캐릭터처럼 피 칠갑이 되곤 했다.

할머니의 생고기도 나에게 인상 깊은 음식이었지만 할아버지가 나에게 준 음식은 천국 그 자체였다. 식탁 옆에 애잔하게 앉아 있는 나를 본 할아버지는 밥그릇에서 밥알 두 알을 떼서 내 입에 넣어주셨다. 또이이잉…! 띠용용용…?

여태껏 내가 먹었던 음식들은 다 무엇이었단 말인가? 아밀라아제와 따스한 밥풀이 만나 달콤하고 풍성한 감칠맛이 내 입안을 감싸기 시작했다. 이게 한국인의 밥, 알, 이라는 건가…! 밥풀이라는 판도라의 상자가 열린 후 밥풀을 원하며 낑낑대는 나의 재촉은 멈춘 적이 없다. 할아버지는 내게 심심찮게 밥풀을 제공했고, 나는 할아버지와 내적 친분을 쌓기 시작했다. 조금쯤 남아 있던 미국 생활의 추억은 '밥심'으로 모두 깨끗이 청산한 셈이다.

#이세상의개는두종류로나뉘어 #밥풀먹어본개 #못먹어본개

그때부터 시작된 〈Buy 2 Give 1〉 캠페인.
누군가 간식을 두 개 사면 엄마가 한 개를 더 만들어서
유기견 보호소 친구들에게 선물한다고 했다.

아빠라고 부를게

처음에는 또 그냥 지나가는 남자이겠거니 했다. 엄마의 남자친구들은 대부분 나에게 잘해줬다. 엄마의 환심을 사기 위해서인지 나를 굉장히 귀여워했다. 어떤 남자들은 엄마가 보는 앞에서만 나한테 잘해줄 때도 있었고, 어떤 남자들은 진짜로 나를 좋아해주기도 했다. 반면에 처음부터 끝까지 나한테 무관심한 남자들도 있었다.

나는 독립적이고 당당한 개라서 그렇게 귀여워주는 걸 바라지도 않고, 관심도 없다. 다만 나는 엄마에게 해가 되는 남자만 거를 뿐! 그래서 나는 남자만 보면 왕왕 짖는다.

그런데 엄마의 마지막 남자가 된 사람이 있었다. 엄마는 갑자기 나더러 그 남자를 '아빠'라고 부르라고 했다.

"두부야~ 이제 아빠야. 아빠라고 불러."

아니, 지금 처음 만났는데 아빠라니요? 나에게 아빠가 생기다니. 할아버지, 할머니, 엄마, 삼촌, 이모는 있어도 아빠는 없었는데, 내 나이 약 열 살에 아빠가 생겼다. 물론 뭐 그렇게 큰일이라는 건 아니다.

사실 나는 엄마보다 아빠가 더 좋은지도 모른다. 엄마는 늦잠을 많이 자서 아침에 못 일어나는데, 아침형 인간인 아빠는 일찍 일어나서 밥도 챙겨주고 꼬박꼬박 시간에 맞춰 산책도 해준다. 엄마는 다혈질이라 내가 실수를 하면 소리를 지르는데 아빠는 내가 하자는 대로 다 해주고 실수를 해도 허허 웃어준다. 산책을 할 때도 엄마와는 다르게 내가 가자는 대로 다 따라와 준다. 새벽에 화장실에 가자고 머리를 툭툭 치면서 깨워도 일어나는 건 늘 아빠다. 아빠가 주섬주섬 옷을 챙겨 입고 나를 데리고 밖으로 나간다.

엄마, 결혼 잘했네!

#사기결혼 #혼인빙자산책희생양

사실 나는 엄마보다
아빠가 더 좋은지도 모른다.

상경

방송국 입사 시험으로 고전하던 엄마는 결국 그 꿈을 포기했다. 대신 자본주의의 노예가 되어, 꽤 잘나가는 영어 강사로 분해 있었다. 사실 하라는 취직 준비는 안 하고 밤에 닭고기를 썰고 건조시켜 벼룩시장에 나가는 사람인데 시험에 붙는 게 더 이상하다고 생각했다. 아무튼 불안정했던 엄마의 취준생 시기가 끝나고 엄마의 삶이 조금씩 안정되고 있었다. 아빠와의 결혼이 확정되고, 엄마는 조금 더 넓은 집으로 이사했다. 엄마는 나를 서울로 데려가겠다고 했다. 할아버지, 할머니는 나를 서울로 보낼 수 없다는 의사를 표명했다. 당사자인 나에게 발언권이 없는 것이 애석했지만 나는 아무래도 큰 상관은 없었다. 대한민국 전국 팔도에 내 6킬로그램

한 몸 누일 곳 없을까. 예전 같으면 당연히 엄마에게 가겠다고 했을 테지만, 밥풀의 맛을 알아버린 이상 할아버지 곁에 남고 싶은 마음도 들었다.

어쨌든 가족들의 기 싸움 끝에 나는 서울로 올라오게 되었다. 예로부터 사람은 태어나면 한양으로 보내고, 말은 제주도로 보내라고 하지 않았던가?

나는 역시 한양에 올 팔자였다. 그런데 막상 서울에 올라오니 서울 개들은 뭔가 달라도 달라 보였다. 걷는 걸음걸이하며 택시에 올라타는 모습까지 귀티가 흘렀다. 입도 조그맣게 벌리고는 말린 과일 간식을 고상하게 씹어 먹었다. 할아버지가 고이 싸준 밥풀을 버려야 할 것만 같은 상경 첫 날이었다.

#할아버지제발인해 #나이제밥풀끊었어 #개는모두변해

다이어트는 혼자 하세요

엄마의 결혼식이 얼마 남지 않았다. 엄마는 다이어트를 한다고 동네방네 선포했지만, 그 다이어트가 잘 되고 있지 않다는 쪽에 내 전 재산 오리육포 4000원어치를 걸 수 있다. 어느 날 아침, 체중계에 올라갔다 내려온 엄마가 나를 안고 비장하게 말했다.

"두부야! 오늘부터 같이 다이어트 하자. 너 뚱뚱해서 관절에 무리간대! 건강해지려면 어쩔 수 없어."

아침밥을 시원하게 비우고 동네 개들을 어떻게 사로잡을지 상념에 빠져 있던 나에게 대체 이 무슨 청천벽력 같은 소리인가? 어쩔 수 없다고? 대체 뭐가 어쩔 수 없다는 건지도 이해가 되지 않았지만, 당장 다이어트에 투입되어야 한다는 끔

찍한 사실이 나를 미치게 했다. 신이 나에게 육성으로 말할 수 있는 단 한 번의 기회를 준다면 그 기회를 당장 써서 발언하고 싶었다.

엄마! 나 굶는 다이어트는 안 하는 스타일이야. 운동해서 기초대사량을 늘리는 편이거든? 식사량은 그대로 유지했으면 해. 이러쿵저러쿵 논리적인 말 왈왈.

하지만 신은 나에게 발언권을 주지 않았고, 나는 결국 강제 다이어트에 투입되었다. 먹는 즐거움을 빼앗긴 그날부터 나는 유리알처럼 반짝거렸던 눈의 총기를 잃었다. 품위를 지키며 한 알 한 알 씹어 먹던 밥도 게걸스럽게 먹고 있었다. 줄어든 밥을 와구와구 미친개처럼 먹는 나 자신에 대한 부끄러움도 밀려왔다.

그렇게 고통스러운 하루를 버티다 까무룩 잠이 든 날이었다. 꿈속에서 양념 통닭을 두 마리째 먹고 있는데, 무언가 바스락거리는 소리가 내 귓가를 간지럽혀 잠에서 깼다. 내 육체는 본능적으로 소리를 따라갔다. 소리의 종착지엔 엄마가 있었다. 이윽고 캄캄한 어둠 속에서 엄마와 내 눈이 마주쳤고, 공기는 무거웠다. 마치 시간이 멈춘 것만 같았다. 엄마는 입속에 치즈버거를 넣고 있었다.

그 장면이 너무 충격적이라 나는 아직도 그날의 잔상을 잊

신은 나에게 발언권을 주지 않았고,
나는 결국 강제 다이어트에 투입되었다.

을 수 없다. 배신감에 한 발자국도 뗄 수 없었던 그날 밤. 그
렇게 엄마는 말뿐인 다이어트를 하루만에 종료했다.

#엄마그정도했으면됐어 #적당히하고포기해 #서로지치니까

개인기 없는 개

"손!"

"…"

"손!"

"…"

엄마, 제발 그만해. 어차피 안 할 거야. 가엾은 우리 엄마. 어찌하여 다른 생명을 자기 마음대로 좌지우지하려 드는가. 쯧쯧. 산은 산이고 물은 물이고, 개는 한낱 개에 불과하거늘….
오늘 또 엄마가 트레이닝이라는 걸 시도하는 모양이다. 가끔 나는 엄마의 인내심에 감동한다. 다른 걸로 이 정도 노력했으면 뭘 해도 됐을 우리 엄마. 지금은 내 밑에서 일하고 있지만 나중에 꼭 크게 될 것 같다.

계속 귀찮게 구는 엄마를 피해 소파 밑으로 들어가려는 순간, 엄마는 요란하게 비닐을 흔들며 그 속에서 잘 말린 육포를 꺼내든다. 비닐 소리만 들으면 내 안의 시크 스위치가 꺼져버린다. 나도 이런 내가 참 싫지만 시크 스위치가 꺼지면 어느 새 나는 엄마 앞에 와 있다. 본능은 늘 이성을 지배하곤 하지.

"두부, 스탑!"

스탑 소리에 꺼졌던 스위치가 켜진다. 아오… 나 또 이성 잃었어. 인정하기는 힘들지만, 이럴 때보면 나도 참 어쩔 수 없는 개다. 그런 나도 나지만 엄마도 참 엄마다. 어떻게 먹는 걸로 장난을 치는지. 이렇게 먹을 걸로 장난치면 안 된다고 엄마의 조상신들도 얘기했을 텐데….

엄마의 입가에 승리의 미소가 번진다.

"스탑은 또 어떻게 알아들은 거야? 영어라서 알아들은 거 아니야? 우리 개 천재 아니야?"

저런, 뒷걸음치다 소 잡은 격이야 엄마. 자존심은 상하지만 덕분에 나는 오리 육포를 잔뜩 먹을 수 있었다. 피 속에 오리가 흐르는 것 같은 충만한 기분에 취한다. 엄마는 또 나를 잡고 외친다.

"핸드(hand)!"

"…"

"…풋(foot)!"

"…"

엄마, 제발 엄마부터 그만해!

엄마, 제발 그만해. 어차피 안 할 거야.
가엾은 우리 엄마.

청소기의 숙명

우리 집에 있는 어떤 물체는 집 안의 모든 먼지를 사정없이 빨아들인다. 그것도 엄청나게 시끄러운 소리를 내면서. 전선에 전기가 돌기 시작하면 그 즉시 웨에엥 소리를 내면서 바닥에서 먼지를 흡수해간다.

원래 적당히 먼지도 있고, 쓰레기도 있어야 개답게 사는 거 아닌가? 나는 반발심에 그 '소음 괴물'을 사정없이 물었다. 그럼에도 불구하고 그 플라스틱 덩어리는 꿈쩍도 하지 않았다. 오히려 나를 밀어내고 제 갈 길만 갔다. 그래, 우리 너 죽고 나 죽어보자! 계속해서 달려들어도 소음 괴물은 먼지를 잡아먹었다.

혹시 이 놈은 무언가의 숙주인가? 나는 한 가지 특징을 발견

했다. 소음 괴물은 꼭 누군가가 들고 있을 때만 움직인다는 것이다. 그래서 나는 이제 소음 괴물을 들고 있는 사람을 공격하기 시작했다. 그것은 엄마일 때도 있고, 아빠나 할아버지일 때도 있었다. 누구여도 상관없다. 당장 이 소음 괴물을 멈춰라!

엄마를 왕 하고 물자 엄마가 나를 들어 소파에 올려놓고 말한다.

"두부야, 청소기 안 돌리면 우리 다 폐병 걸려서 일찍 죽어!"

일찍 죽는다고? 그러면 안 되는데, 앞으로는 구석에 숨어 있어야겠다. 그렇다. 난 몸은 끔찍하게 아끼는 스타일이다. 아이구, 오래 살아야지. 이 좋은 세상!

#청소기맨날봐도뭔지모름 #바보아녀 #대표사임속구

🦭 비 오는 날

훗날 바잇미 대표 자리에서 정년퇴직으로 물러나고 나면 나는 아무래도 기상예보관으로 제2의 인생을 시작해야 할 것 같다. 내겐 천둥 번개를 예측할 수 있는 능력이 있기 때문이다. 하지만 단순히 예측에서 끝나지 않는 게 문제다. 그 예측은 곧 두려움으로 귀결된다. 내가 아무리 강하고, 상남자처럼 보여도 천둥 번개가 무서운 건 어쩔 수 없다.

나만 이렇게 천둥 번개를 무서워하는 것은 아니다. 고대 그리스에서도 오죽 천둥 번개를 두려워했으면 신들의 왕인 제우스가 번개를 만드는 신이지 않겠나. 번쩍이는 번개와 요란한 천둥소리가 들리면 심장이 요동친다. 그렇지 않아도 요즘 눈이 침침한데 번개만 치면 눈이 번쩍 뜨이는 기분이 드는 게 여기가 이미 천국인가 싶을 정도로 두렵다.

그런 날엔 엄마 품에 안겨 있을 수밖에 없다. 이쯤에서 또 우리 엄마가 헛돈 많이 쓴 얘기를 하지 않을 수 없다. 엄마는 나를 위해 반려동물에게 압박감을 줘서 포옹을 대체할 수 있다는 일명 '썬더 조끼(불안감 완화 조끼라나)'부터 스카프 요법, 심리 안정 스프레이까지 포옹을 대체할 수 있는 별의별 방법을 다 시도했다. 물론 그 마음은 잘 알고 있고, 늘 고맙게 생각한다. 근데 엄마도 이 정도 살았으면 내 성격 알잖아? 난 오리지널이 아니면 취급하지 않는다는 거 몰라?

오늘도 그날인 것 같다. 습기를 먹은 흙먼지 냄새가 공기 중에 느껴지고 구름이 햇빛을 가려서 평소보다 어두운 걸 보니. 엄마! 곧 천둥과 번개를 동반한 먹구름이 천둥소리를 낼 거야! 안아달라고 하려면 엄마 앞에 가서 끙끙대야 하는데 너무 무서워서 소파 밑에서 나갈 수가 없다. 어딘가 몸을 숨겨야 한다는 초조함만 점점 커져간다.

제우스 신이시여, 자비를 베푸소서. 번개 던지지 마요!

#근데번개가뭔지몰라 #진짜바보아녀 #학습이안되는개

양치기 소년 두부

실외 배변견인 나는 엄마 아빠와 한 가족이 된 초반에는 진짜 설사가 마려울 때만 엄마를 깨웠다. 하지만 나도 이제 나이를 먹고 닳을 만큼 닳은 개가 되었다. 새벽에 엄마를 다급하게 깨우면 엄마와 아빠가 일어난다는 사실을 알아버린 나. 이런 좋은 기회를 어찌 허투루 넘길 수가 있겠는가? 사람에게도 가끔 그런 날이 있지 않나? 아무도 없는 한적한 공원에서 새벽 공기를 마음껏 마시며 유유자적 산책하고 싶은 날. 어슴푸레한 어둠 속에서 바람에 날리는 나뭇잎 소리를 듣고 싶은 그런 날 말이다.

계절을 타는 나는 꼭 분기마다 그런 마음이 든다. 그래서 이제는 새벽 산책을 하고 싶은 날이면 엄마를 깨우며 설사가 나와서 급한 척 연기한다. 그러고 난 다음 날이면 엄마가 친구에게 내 뒷담화를 하는 걸 듣게 된다.

"쟤 진짜 나이 먹을수록 약아지나 봐. 어제도 설사하는 척하면서 나 깨우더니, 새벽에 나가서 산책 다 즐기고 왔어!"

하지만 이것은 확률의 게임. 정말 설사일 수도 있고, 설사가 아닐 수도 있지만 나가보기 전에는 알 수 없는 그런 게임 같은 거니까. 엄마, 오늘은 어디에 배팅할래?

#수익(비)보상 #꿀알바

극한직업 강아지 CEO

내가 서울에 올라온 지 5개월쯤 되었을 때, 엄마와 아빠는 매일 일하느라 바빴다. 맞벌이 가정에서 자란다는 게 이런 건가 하는 생각이 들었다. 내 비록 중성의 몸이지만, 맞벌이 하면서 자식을 키우기란 힘든 일이라는 것을 뼈저리게 느꼈다. 혼자 있는 시간이 많아지면서 내가 우울해 보인다고 생각한 아빠와 엄마는 결단을 내렸다. 오전에 두 시간만 영어 수업을 하고, 오후에는 나와 함께 보내기 위해 수제간식 집을 창업한다는 거였다. 혹시 수제간식 집이 망할까 봐 오전의 영어 수업을 포기하지 못하는 엄마의 마음이 반영된 계획이었다.

이미 취준생 시절 플리 마켓에 나갔던 경험이 있었기에 엄마의 창업은 일사천리였다. '바잇미'라는 브랜드 이름까지 그대로 사용했다. 엄마는 여섯 평 남짓한 작고 예쁜 가게에서 나와 함께 오후를 꽁냥꽁냥 보내기를 기대했다.

그러나 현실은 달랐다. 엄마의 수제간식은 SNS에서 날개 돋친 듯이 팔렸다. 창업한 지 한 달이 채 되지 않아 아르바이트생을 두 명이나 고용하게 되었고, 여섯 평 남짓한 작은 가게는 사람만 앉아 있기에도 너무 작아져버렸다. 엄마는 오전 수업도 그만두고 바잇미 일에 매진했다. 기대했던 것처럼 엄마 육포 한 입, 나 한 입 하면서 시간을 보낼 수는 없었지만 엄마와 함께 출근해서 하루 종일 엄마와 함께 있을 수 있다는 것만으로도 좋았다.

또 SNS에 내 사진을 올릴 때마다 사람들은 뜨거운 관심을 보내줬다. 다들 간식보다는 내 근황을 궁금해했다. 결국 엄마 회사 SNS계정 지분의 8할은 내가 가져가게 되었고, 나는 여론에 힘입어 이 회사의 실질적인 대표가 되었다.

엄마. 인생은 얄짤없어. 인기순이야.

#시,나까시이런회사는없었다 #이것은개인가대표인가

바잇미의 〈Buy 2 Give 1〉 엄마편

나는 편의점이나 마트에서 2+1, 1+1 상품이 아니면 잘 사지 않는다. 아무 프로모션이 붙지 않은 상품을 사면 괜히 손해 보는 것만 같은 느낌이 들기 때문이다. 나처럼 많은 사람들도 2+1에 익숙할 것이라는 생각이 들었다.

그런데 그 나머지 하나를 내가 갖는 것이 아니라 누구에게 준다면? 사실 한 개만 사도 충분한데 굳이 2+1로 구매하는 이유는 한 개 정도는 우리네 가족, 동료, 이웃 혹은 친구에게 나눠주고 싶어서 그런 것 아닐까? 그런 생각에 착안해서 나는 'Buy 2, Give 1'이라는 브랜드 이념을 걸고 간식 사업을 시작했다.

두부도 미국의 보호소에서 입양해왔지만, 한국에서 방문한 보호소의 환경은 너무도 열악했고 그 친구들을 위해 마땅히 해줄 수 있는 게 없었다. 그런 현실을 볼 때마다 두부가 떠올라서 마음이 너무 아팠다. 돈이 많이 없어도 내가 할 수 있는 건 내 강아지 두부에게 만들어주듯이 그 친구들을 위한 간식을 만드는 거였다. 다행히 강아지 친구들은 간식 선물을 가장 좋아했다.

그렇게 시작한 바잇미는 이런 가치에 깊이 공감하는 마음 따뜻한 사람들 덕분에 가족을 잃은 유기동물 친구들에게 한 달에 한 번 간식을 선물할 수 있게 되었다. 나는 유기동물 친구들에게 나눌 간식을 만드는 일 외에도 '사지 말고 입양하세요'라는 메시지를 널리 알리려고 노력 중이다.

한쪽 눈은 잃었지만 나에겐 그래서 더 특별하고 세상 어떤 존재보다 사랑스러운 두부처럼, 유기동물 친구들에 대한 부정적인 인식을 새롭게 하고 평생 가족을 찾아주는 데 앞장서고 싶다.

소중한 사람

내 마음의 고향 샌프란시스코. 샌프란시스코에서 만난 영혜 이모는 천사다. 엄격한 우리 엄마와는 다르게 영혜 이모는 다정하고 따뜻했다. 엄마, 오해하지 마. 엄마가 안 따뜻하다는 건 아니야. 그냥 영혜 이모가 좀 더 따뜻한 사람일 뿐.

사실 내가 영혜 이모를 좋아하는 이유는 따로 있다. 미국에서 우리 엄마가 마음을 나눴던 유일한 친구가 영혜 이모였기 때문이다. 늘 맛있는 간식을 양손 무겁게 들고 오던 이모. 이모는 참 사람이 됐어.

내가 미국을 떠난다고 했을 때 정말 많은 생각들이 뇌리를 스쳐 지나갔지만 내 마음을 제일 아프게 했던 것은 바로 영혜 이모와 이별해야 한다는 사실이었다. 강철 멘탈에, 감정을 웬만해선 잘 안 드러내는 나임에도 영혜 이모와 헤어지는 건 좀 힘들었다. 한국에 와서 엄마의 가족들이 내 가족이 되고, 아빠도 생겼지만 마음 한편에서 영혜 이모의 자리를 뺄 수는 없었다.

그러던 어느 날 저 멀리서 너무 익숙한 냄새가 났다. 꿈인가? 아니 글쎄! 정말 꿈에나 그리던 영혜 이모가 내 눈앞에 나타난 것이다.

엄마는 "야, 얘가 1초 만에 너 알아본다. 기억이 나나 보다." 이렇게 말했다.

하지만 엄마가 틀렸다.
난 기억을 상기시킨 게 아니라
한 순간도 잊은 적이 없는 것이다.

미국 냄새를 잔뜩 묻히고 온 영혜 이모의 품에서 고향의 냄새를 느꼈다. 죽기 전에 못 만날 줄 알았는데, 너무너무 보고 싶었어!

#이모, 저래봬도 실화야 #뭔가울며울컥토닥치게만드는자연환변조

엘리베이터 안에서

지금 와서 밝히지만 영혜 이모와 나 사이에는 비밀이 하나 있다. 엄마는 좀 게으른 편이어서 영혜 이모에게 자주 내 산책을 맡겼다. 솔직히 게으름 때문만은 아니고 다른 사람이 오면 그걸 절호의 기회로 여겨서 내 산책을 떠미는 것 같다. 내가 아무나 따라가는 개가 아니다 보니, 영혜 이모나 엄마의 친한 친구 몇 명은 엄마를 만날 때마다 나를 산책시키는 게 일과가 되었다. 그때만 해도 내가 어리고 귀여웠기에 진심으로 나를 좋아해서 같이 산책하는 게 느껴졌다. 지금은 우리 회사 직원들이 돌아가며 나를 산책시키는데, 보고 있나? 직원들! 나는 억지로 산책시키면 다 느낀다고!

아무튼 그날도 산책을 하기 위해 이모와 집에서 나왔는데,

이모가 갑자기 "아! 휴대폰!" 하더니 엘리베이터를 눌러놓고 후다닥 집 안으로 들어갔다. 그때 마침 엘리베이터가 땡 하고 내 앞에 도착했다. 나는 원래 엄마나 이모 없이 엘리베이터로 들어가지 않는데, 그날따라 독립적이고 주체적인 나의 모습을 이모에게 뽐내고 싶었다. 무슨 용기였는지 엘리베이터 안으로 혼자 성큼성큼 들어갔다. 그리고 엘리베이터 문이 스르륵 닫혔다.

나는 그대로 1층까지 내려갔다. 1층에서 문이 스르륵 열렸다. 아… 나의 한계는 여기까지인가. 엘리베이터 앞 현관으로 나가볼까 했지만 도저히 겁이 나서 문 밖을 나갈 수가 없었다. 결국 나는 한 발자국도 나가지 못한 채 다시 엘리베이터 문이 스르륵 닫히길 기다렸다. 엘리베이터가 어딘가로 올라가는 동안 참 많은 생각을 했다. 나의 부족한 용기, 나의 인생, 주체적이고 독립적인 줄 알았던 나의 자아…. 여러 생각들이 스쳐 지나갔다.

다시 우리 집이 있는 층에 도착해 엘리베이터 문이 열리자 사색이 된 영혜 이모가 보였다. 이모는 나를 보더니 "오 마이 갓! 신이시여, 감사합니다!!!"라고 외쳤다. 그리고 이모는 이 일을 엄마에게 말하지 말고 우리 둘만의 비밀로 간직하자며 나와 약속했다.

아… 나의 한계는 여기까지인가.

걱정 마 이모! 어차피 나도 엘리베이터에 타기만 타고 못 내린 게 쪽팔려서 말하래도 말하기 싫으니까!

#누구에게나비밀은있다 #이모근데또얘기해서미안한데어쩌려고빈손으로왔어

계단 사용 안 합니다

나이가 먹으면서 내 관절이 약해지기 시작했다. 특별히 이상이 있어서 그런 건 아니고, 노화에 따른 자연적인 현상이랄까? 엄마는 도저히 안 되겠다고 생각했는지 인터넷에서 반려동물용 계단을 주문했다. 그것도 아주 비싼 걸로.

며칠 후 계단은 소파 앞에 놓였다. 이 신문물은 무엇인고? 소파에 올라갈 때조차 계단을 쓰는 것은 외래의 풍습이 아닌가. 그런데 나 미국 개인데 왜 자꾸 쇄국정책을 펼쳤던 흥선대원군의 영혼이 나를 괴롭히는 것 같은지 아는 사람?

엄마가 비싼 돈 주고 계단을 산 건 누구보다 잘 알지만 나는 계단을 사용하기가 싫다. 일단 새로운 게 싫다. 게다가 계단이 있으면 엄마가 나를 안아 소파에 올려주는 일이 없어질 수도 있지 않을까? 나를 계단에서 자게 하면 어떻게 하지? 그러다 나에 대한 엄마의 마음까지 바뀌면 어떻게 해? 그래, 이건 비약이다. 인정! 어쨌든 갑자기 환경이 바뀌는 건 너무 불안하고 무섭다.

엄마는 그런 내 마음도 모르고 계단 앞에서 다양한 간식을 흔들며 유혹했지만, 나는 쉬운 유혹에 넘어갈 수 없었다. 아니, 개로 태어났으면 응당 멋지게 점프해서 소파도 오르고, 침대도 오르고 그래야 되는 건데 계단이 웬 말이냐?

엄마, 아무리 나이가 들고 관절이 녹슬어도 개가 점프하는 멋을 잃으면 다 잃는 거야. 결국 비싼 계단은 중고나라에 가게 되었다. 잘 가. 좋은 개 만나세요.

#지독한흥선대원군코스프레

미리미리
관절 관리법

소형견을 키우는 분들이라면 지나칠 수 없는 걱정거리가 바로 강아지 '슬개골 탈구'입니다. '슬개골 탈구'란 소형견에게 가장 많이 나타나는 관절 질환으로, 무릎 관절 위에 있는 슬개골이 어긋나는 질병인데요. 소형견이 많은 우리나라에서 발병률이 가장 높다고 해요. 특히 집 안에서 주로 생활하는 반려견들에게 많이 나타나는 질병이라고 합니다.

사전에 예방할 수 있는 방법은 다음과 같습니다.

1   반려견의 적정한 체중을 유지해주어야 해요. 체중이 많이 나갈수록 관절에 무리가 갑니다.

2   소파나 의자 등 높은 곳에서 뛰어내리지 않게 해주는 게 좋아요.

3   바닥이 미끄러운 실내는 바닥에 꼭 매트를 깔아주세요.

4   강아지의 발바닥 털을 짧게 관리해야 해요. 특히 실내에서 생활하는 강아지들은 발바닥 털이 자라면 더 잘 미끄러져 관절에 무리가 올 수 있기 때문입니다.

🐾 노화로 인한 관절염을 앓고 있는 두부의 꿀팁!

관절에는 콜라겐이 좋아요. 두부는 화학적인 관절 영양제보다는 콜라겐 100퍼센트 영양제나 무뼈 닭발, 황태 껍질 등의 재료로 만든 간식을 통해 콜라겐을 섭취하고 있어요.

머리가 커서 슬픈 짐승

"저기 보름달 보이지?

보름달이 왜 저렇게 큰지 아니?

신은 예쁜 것은 크게 보라고 크게 만드는 경향이 있어.

그래서 너의 머리도 큰 거란다."

(네? 그러면 나비는 왜 작죠?)

달의 여신 아르테미스가 다정한 말투로 내게 속삭였다. 말투
는 다정했지만, 그 눈빛은 너무 매섭고 차가워 간담이 써늘
했다.

다행히 꿈이었다. 내가 무의식 중에도 이런 꿈을 꾸는 지경
에 이르렀다니. 내 주변 사람들은 모두 내 머리 크기에 대해

한마디씩 한다. 부하 직원들마저 감히 대표에게 머리 크다며 놀리는 일이 일상다반사이다. 머리가 큰 게 죄라도 되는 것처럼 매일 다른 개들과 비교하면서 얼마나 큰지 잰다.

물론 머리가 크면 불편한 점도 많다. 머리가 크다 보니 무게중심이 앞으로 쏠릴 때도 있고, 아무래도 후드티셔츠는 목이 좁아 입기가 좀 불편하다. 그래서 나는 조끼나 집업 형태의 옷을 선호한다.

하지만 머리가 커서 좋은 점도 분명 있다. 바로 존재감! 우리 아빠는 100미터 거리에서도 내 머리를 보고 나를 알아본다. 나를 한 번 본 사람들은 저 멀리서도 내 머리통만을 보고 나를 발견한다. 그리고 빌 클린턴을 비롯한 미국의 유명한 정치인들 중에는 머리가 큰 사람이 많았다. 내가 이렇게 대표까지 된 데에는 큰 머리가 한몫한 게 분명하다. 전국에 머리 큰 개들이여, 희망을 가져라! 모두 나처럼 될 수 있다.

#머리가큰연예인으로는히정우가있음 #데헷 #팬심

머리가 커서 좋은 점도 분명 있다.
바로 존재감!

비행기가 좋아

나도 모르겠다. 이 뱃속에서부터 흐르는 양반의 기운이 대체 어디서 왔는지. 나의 고향은 미국인데 자꾸만 조선 사대부의 DNA를 느낀다. 원래 한국에서도 화장실과 안방의 거리는 멀수록 좋다고 하는데, 나는 화장실이 집 안에 있는 걸 도통 이해할 수 없다. 화장실은 무릇 실외에 있어야 하는 것이 아닌가?

간식도 최고급, 유기농, 럭셔리, 수제간식만 먹고 싶다. 그래서 우리 엄마가 고생하기는 하는데 내가 원래 그런 걸 어떡해? 엄마가 나 사랑하니까 참아야지 뭐.

이런 내게 도저히 받아들이기 힘든 게 하나 더 있다. 그것은 바로 기차다. 나는 외할머니집인 부산에 갈 때 덜컹거리는 기차를 타는 게 힘들다. 취취익~ 문 닫히는 소리. 위이잉~ 기차가 힘을 받는 소리. 온갖 소음들이 고고한 선비 같은 나를 힘들게 만든다. 버스도 타보고, 기차도 타봤는데 역시 나는 비행기가 최고다.

비행기가 주는 안락함과 안정감이야말로 우아한 나에게 딱이다. 그리고 서울에서 부산까지 50분이면 도착하는 효율적인 시간 사용까지. 나도 가끔은 이런 내가 부담스럽다. 왜 나는 평범하게 지내기가 힘들까. 왜 이렇게 개답지 않게 치명적이게 시크하고, 럭셔리할까. 그런데 어떡하겠나, 내가 그런걸. 나를 보면서 세상 사람들이 자신을 받아들이는 법을 알아갔으면 한다. 나는 그렇게 성공한 꽤 좋은 본보기가 될 테니까.

#그냥비행기타려고개수작

노안

나이가 들수록 모든 감각이 후퇴한다. 아이고, 견생이야. 사물이 뿌옇게 보이니까 누가 조금만 다가와도 나도 모르게 경계심 폭발! 그냥 겉으로 보기에도 눈동자가 조금 뿌예졌다. 이런 나를 보다 못해 엄마가 나를 데리고 안과로 갔다. 엄마는 가뜩이나 하나밖에 없는 내 눈이 어떻게 될까 봐 불안한 눈치였다.

안과 전문 병원에서 백내장을 우려해서 초정밀 검진을 받았다. 내가 힘들게 대표 일을 하면서 벌었던 피 같은 돈 48만 원…. 결과는 다행히도 백내장은 아니었고 노안으로 인한 핵경화증이라고 했다. 엄마는 내 나이를 열한 살 정도로 추정하고 있었는데, 의사가 내 눈을 보더니 "아이고, 수정체가 열

한 살은 아닌 것 같은데. 그거보단 더 먹은 것 같아요."라고
말했다.

의사 양반.
거 좀 대충 넘어갑시다…
나이는 숫자에 불과해요!
그런데 언제 세월이 이렇게 많이 간 거요?

치과에 갔을 때도 나이가 있어서 이제 뼈다귀 간식은 먹기
힘들다고 했는데.
어휴… 닭고기를 뼈다귀째 씹어 먹던 두부는 이제 과거의
영광이 되었구나. 육신은 늙어도 정신은 아직 이팔청춘이라
는 말이 이런 거구나 실감했다. 안과에 다녀오며 이제 회사
에 '노인 공경' 지시를 전사적으로 내려야겠다고 생각했다.

#고작노안인거알아차리려고쓴 #수백의검사비 #내나이가어때서

식욕은 이빨 개수순이
아니잖아요

사진으로도 보일 테지만, 나는 부정교합이다. 선천적으로 치열이 나빠서 위아래 턱이 제대로 맞물리지 않는다. 의사 선생님이 말씀하시길 신기하게 어금니는 교합이 잘 맞아 먹고 사는 데는 지장이 없다고 하셨다. 하지만 밖으로 여실히 드러난 아래 송곳니는 내 유일한 콤플렉스다(잉? 송곳니가? 나 머리 큰 게 콤플렉스 아니냐고 놀린 사람 누구야!).

누가 본인의 콤플렉스를 자꾸 들춰내면 기분이 어떠한가? 우리 엄마는 나의 콤플렉스는 아랑곳하지 않고, 내 윗입술을 들춰 칫솔을 구겨 넣는다. 누군가 내 이빨을 건드리려고 할 때 나는 한 마리 맹수로 돌변해 상대를 위협한다. 그게 비단 사랑하는 엄마라 할지라도.

그렇게 온갖 무장으로 칫솔질을 기피하며 살아온 결과, 나는 2010년 이후로 7년 간 총 다섯 번의 스케일링을 한 유일무이한 개가 되었다.

마지막 치료는 2017년 12월. 동종업계 개들과 펫밀크 한 잔에 반건조된 꾸덕한 육포를 즐기며 연말 파티를 즐길 계획이었지만, 동물병원에 끌려가 도합 열여섯 개의 이빨을 뽑히고 말았다.

이빨이 뽑힌 것도 서러운데, 더 기가 막힌 액수의 영수증에 정신이 번쩍 들었다. 여태껏 고수했던 나의 입장을 전면 수정한다. 콤플렉스고 뭐고 개로 태어났으면 칫솔질은 꼭 해야 하는 일이라고.

#부모통장살인마

누군가 내 이빨을 건드리려고 할 때 나는 한 마리 맹수로 돌변해 상대를 위협한다.
그게 비단 사랑하는 엄마라 할지라도.

미리미리
치아 관리법

치아는 반려견이 어렸을 때부터 잘 관리해야 나중에 큰 고
생을 하지 않아요. 양치하기 싫어하는 강아지들에게 반복적
인 훈련을 통해 꼭 양치를 생활화해주세요. 반려견들은 3~5
일이면 이빨에 치석이 쌓인다고 하니까요. 쉬운 양치를 위한
두부의 꿀팁을 공유합니다!

1   닭고기 맛이나 고기 향이 첨가된 치약을 준비해주세요.

2   처음부터 입안에 칫솔을 넣으면 거부감이 심할 수 있어
    요. 손가락에 얇은 거즈를 감아서 입안에 무언가가 들
    어오는 게 괜찮다는 인식을 심어주세요. 심하게 무는
    아이가 아니라면, 손가락에 끼우는 고무 재질의 손가락
    칫솔도 괜찮아요.

3   칫솔질이 끝나도 구석구석 닦지 못했을 때는 구강시트

를 이용해주세요. 구강시트를 손가락에 말아서 한 번 더 말끔히 정리해주어요,

4 양치를 잘하는 친구들은 어금니 칫솔 같은 좀 더 세밀한 도구를 이용해도 좋아요.

5 치석 관리에 도움이 되는 덴탈껌을 급여하는 것도 방법입니다.

🐾 나만의 펫시터

우리 삼촌은 참 특이한 사람이다. 외모는 시크하게 생겼지만 성격은 순한 편이다. 아마 무서운 누나(우리 엄마) 밑에서 자라다 보니 생존을 위해 그렇게 됐는지도 모른다. 아무튼 나는 다른 강아지들을 무서워해서 강아지 호텔 같은 곳에서는 일분일초도 있을 수가 없다. 또 낯선 사람들에 대한 경계심도 심한 편이다. 연예인 병에 걸려서 그런 건 아니니까 오해는 금물.

그래서 엄마 아빠가 여행이라도 갈 때면 호텔도 못 가고, 펫시터도 부를 수 없는 난감한 상황이 된다. 그럴 때마다 S.O.S를 외치며 부르는 삼촌! 삼촌은 엄마 아빠가 없을 때면 부산에서 올라와 내 밥도 주고, 산책도 시켜주는 등 바쁜 매니저의 일상을 보낸다.

그날도 엄마 아빠는 여행을 가고 삼촌의 시중을 받던 때였다. 밥을 먹고 낮잠을 자고 일어났는데, 삼촌이 보이지 않는다? 곧 산책 나가야 되는데 이놈의 삼촌이 어디 간 거야? 나안 보살피고. 엄마가 돌아오면 다 이를 거야!

삼촌을 찾아 여기저기 돌아다니는데, 아니 이런. 삼촌이 문을 열고 큰일을 보고 있다. 삼촌, 명색이 개인 나도 나가서싸는데 문이라도 좀 닫고 싸. 나는 경고의 눈빛을 보냈다. 변기 막히면 죽는다!

#삼촌내가아무리개라도 #문은닫고일보자 #나도알거다알아 #말만못하지

 '옥' 수카이캐슬

엄마 아빠의 숙원 사업은 내가 집에서 실내 배변을 하는 것. 특히나 한국처럼 겨울에는 북극이 되고, 여름에는 적도가 되는 극단적인 날씨를 가진 나라에서 나를 하루 네 번 산책시키기란 고통이 아닐 수 없다는 걸 나도 안다. 그렇지만 여러 차례의 시도 끝에 내가 집 안에서 배변을 하는 건 불가능하다는 것을 알게 된 엄마 아빠의 목표는 이제 정원이 있는 집에서 사는 것이 되었다.

하지만 엄마 아빠의 직장이 다 서울에 있으니 지방으로 갈 수는 없고, 이렇게 좁고 비싼 서울 땅에서 정원이 있는 집에 살기란 하늘의 별 따기였다. 심지어 공원조차 드문 한국인데 개인이 잔디가 깔린 정원이 있는 집을 산다는 건 어쩌면 불가능한 일일지도 모른다.

결국 엄마 아빠는 1982년에 지어진 오래된 아파트에서 살던 전세 계약이 만료되면서 새 아파트로 이사하기로 결정했다. 엄마가 이삿짐을 싸면서 "두부야, 우리 옥수카이캐슬로 갈 거야!"라고 했다. 나는 귀가 잘 들리지 않아 '옥'을 듣지 못하고 '수카이캐슬'로 간다고 들어버렸다.

엄마? 나 이제 더 좋은 집으로 가는 거야? 나는 마음속으로 혼자 신나게 드라마 〈스카이캐슬〉 등장 캐릭터의 성대모사를 했다. 어머니, 여기는 전적으로 공원이 있어야 합니다!

그런데, 그런데! 그 꿈이 와장창 무너졌다. 위 올 라이(We all lie~) 이건 거짓말일 거야. 드라마에서는 스카이캐슬 안에 농구장도 있고, 산책로도 있던데 여기는 상가와 주차장 그리고 거주 지역이 전부였다. 여긴 스카이캐슬이 아니라 그냥 옥수동이라서 '옥수'카이캐슬로 불렸던 것이다. 또다시 사라진 마당 있는 집의 꿈.

엄마, 아빠. 앞으로는 그냥 성동구 옥수동의 한 아파트라고 해줘. 순진한 개 헷갈리게 하지 말고.

#우리두부간식집MD야

오진

아아아악! 발톱이 갑자기 찌억 하고 갈라졌다. 나이가 드니까 발톱도 힘없이 휙 하고 갈라진다. 몸의 아주 작은 부분이지만, 발톱이 아프면 온 신경이 그쪽으로 쏠려서 걷기도 힘들다. 나도 새삼 발톱이 얼마나 감사한 존재인지 이번 기회를 통해 느꼈다.

그런데 엄마는 내가 절뚝거리는 걸 보고 큰 문제가 생겼다고 생각했다. 발톱이 세로로 갈라져서 겉으로 보기에는 멀쩡해 보이니 문제를 찾기가 쉽지 않았을 것이다. 영민한 나는 발톱이 깨진 것이라는 메시지를 주기 위해 발톱 쪽을 열심히 핥았다. 그러자 엄마는 더욱 과민 반응을 보이기 시작했다. 내가 나이가 들자 엄마는 부쩍 내 건강에 신경을 많이 쓴다.

"두부야, 왜 그래? 도저히 못 걷겠어? 당장 병원 가자."

엄마, 평소에는 눈치 빠르면서 오늘 따라 왜 이래. 그냥 발톱 깨진 거잖아! 나는 그렇게 중병을 얻은 환자마냥 급하게 병원으로 끌려갔다. 의사는 내 다리를 가지고 온갖 검사를 다 하더니 '슬개골 탈구'라고 진단했다. 슨생님, 아니라고요! 똑똑, 저기요? 내 말 들려요? 지금이야말로 애니멀 커뮤니케이터가 필요한 시점 같았다.

추신. 엄마는 우울한 기분으로 집에 돌아왔다가 다행히도 내 발톱을 확인했고, 나는 다음 날 다시 다른 병원으로 끌려가 갈라진 발톱을 뽑게 되었다.

#의사선생님 #아무말대잔치 #나도그냥수의대갈래 #좋은병원도많아요

성공하는 습관

내가 자꾸 시크한 미국 개 운운 하니까 좀 질리는 사람들이 속출한다는 소식을 들었다. 하지만 내 태생이 그런 걸 어떡하나! 그래서 오늘 미국 대표 믹스견인 나, 두부가 나의 잠버릇과 수면 습관을 밝히고자 한다.

회사에 출퇴근하는 나에게 수면의 질은 굉장히 중요하다. 특히 나처럼 회사 대표라는 중책을 맡고 있는 경영견이라면 더더욱 컨디션 관리에 심혈을 기울여야 한다. 이게 바로 프로페셔널리즘 아니겠는가. 독립적인 개답게 나는 아무리 사람들이 나에게 살갑게 굴어도 혼자 자는 것을 좋아한다. 낯선 냄새, 시끄러운 소리 등 나의 꿀잠을 방해하는 요소들이 너무 많기 때문이다.

가끔 그렇게 친한 척해놓고 매정하게 잠은 따로 자느냐고 서운해하는 사람들이 많다. 심지어 엄마조차도 친구들에게 "두부는 주체적이고 독립적이라서 자기 혼자 가서 자. 좀 황당해."라고 말할 정도다.

하지만 꼭 내가 독립적인 성격이라서 그런 것만은 아니다. 말할까 말까 고민을 많이 했는데 그래도 여기까지 내 이야기를 읽어주신 독자분이라면 꽤 궁금해하실 것 같아 알려드린다. 누군가와 같이 자면 정이 들고, 정이 들면 자꾸만 애교를 부리고 싶고, 그러다 보면 나의 캐릭터인 시크 컨셉을 유지하기 어렵기 때문이다.

시크해지는 방법, 어렵지 않아요!!

#불법강의신고

수영은 다음 생에

요즘 우리 회사가 간식 사업에서 의류 사업까지 영역을 확장하다 보니 예전에는 몰랐던 우리 회사 바지 사장(엄마)에 대한 의심이 좀 들기 시작했다. 옷 고르는 센스는 분명 있는 것 같은데 대체 그때 왜 그랬는지 묻고 싶은 순간이 있다.

2017년 여름. 홍천 여행. 왜 그때 나 같은 상남자에게 꽃무늬 수영복을 입혔던 것인가? 자고로 의복이란 옷을 입는 자의 성격과 특성, 외모 등을 고려해 때와 장소에 맞게 골라야 하는 법이거늘. 어떻게 그렇게 미모의 개들이 많은 펜션에 나에게 꽃무늬 수영복을 입혀 데려갈 생각을 했는지 그 의중을 모르겠다.

나는 그런 옷을 입고는 절대 물속에 들어갈 수 없었기 때문에 끝까지 물에 들어가지 않으려 했다. 하지만 엄마는 나에게 수영의 재미를 알려주겠다는 일념으로 자꾸만 나를 안고 풀장으로 들어갔다. 개로 태어났으면 개헤엄을 쳐야 하는 법. 그러나 물에 몸이 닿자마자 나는 소스라치게 놀랐고, 발버둥을 치면 칠수록 물속으로 더 빠져드는 것 같은 기분이 들었다. 사태의 심각성을 깨달은 엄마 아빠는 당장 나를 풀장에서 꺼냈다. 결국 휘황찬란한 꽃무늬 수영복은 무료 나눔을 통해 다른 개에게 돌아갔다.

#뜻밖의선행 #기부천사

약은 약사가, 미용은 미용사가!

내 미용 가격이 16만원으로 오르자 엄마는 갑자기 셀프 미용을 배우겠다고 했다. 보통 사람들은 긴축 재정을 할 때 사치품부터 줄인다는데, 엄마는 왜 내 미용비부터 줄이는 건데? 바잇미 대표이자 메인 모델인 나에게 미용은 사치가 아닌 생명이라고!

정말 황당한 건 내 미용은 직접 하기로 선언한 엄마가 본인은 미용실에 가서 염색도 하고, 영양 시술도 받는다는 사실이었다. 엄마는 그 와중에 제대로 미용해보겠다며 비싼 장비도 샀다. 엄마, 제발 그 돈으로 나 그냥 미용실 보내주면 안 돼? 그래도 나는 마음 한구석에서 엄마를 믿었다. 삭막한 세상이지만, 그래도 우리 엄마잖아? 하도 본인의 미적 감각이 뛰어나다고 나에게 주입식 교육을 해온 터라 정말 그런 줄로만 알았다. 아무래도 우리 집 거실에 누워서 미용을 하니, 잠이 쏟아지고 편하게 미용을 받을 수 있다는 장점은 있었다.

긴 미용이 끝나고 엄마가 내게 거울을 보여줬는데 할머니 때 했던 미용과는 색다른 충격을 받았다. 쥐가 파 먹은 듯 듬성듬성한 털. 털의 길이와 균형을 맞추는 매우 기본적인 소양 정도는 있을 거라 믿었던 내 잘못이다. 가까스로 나의 언밸런스 컷만 유지한 채 사실상 스타일이 없는 것이 곧 스타일이 되어버린, '노 스타일룩'이 되고 말았다.

엄마. 가위 가져와서 이리 앉아봐.
이제 엄마 차례야.

#미용값아꺼서집살거아니면 #그냥미용시켜줘 #제발

엄마, 제발 그 돈으로
나 그냥 미용실 보내주면 안 돼?

회색 개 두부

두부의 유전병인지도 모르겠다. 두부의 털은 원래 흰색인데, 유달리 회색으로 보인다. 이제는 원래 자라면서 꼬질하게 털이 나는 건지 아니면 서울의 미세먼지가 두부 털에만 달라붙는 건지 헷갈릴 지경이다.

사람들이 지나가면서 두부를 보고 "대표님, 좀 씻으셔야 하겠어요~! 호호."라고 할 때 가장 당황스럽다. 원래 흰색은 때가 잘 탄다. 거기다 반드시 하루에 네 번씩 산책을 나가야만 하는 잘난 아들 덕에 나는 아들 관리는 안 하고 자기만 씻고 다니는 바지 사장이 되어버렸다. 나의 고충을 그 누가 알까! 더군다나 두부는 산책할 때 그냥 조용히 다니는 편도 아니다. 한쪽 눈으로 보다 보니 침침해서인지 깨끗한 길을 두고 흙길로만 가기도 하고, 비가 온 뒤면 일부러 그러는지 물웅덩이를 첨벙첨벙 밟으며 지나가기도 한다. 실내에서는 꼭 구석에 숨어서 회사와 집 안의 먼지를 온몸으로 닦는다.

이런 꼬질함이 가장 많이 드러나는 곳은 바로 새하얀 침구 위에 올라갈 때다. 우리 집 상전을 침대에서 내려오라고 할 수도 없고, 정말 난감하다. 어릴 땐 하얗다고 이름도 두부로 지었는데 '검은콩두부'가 된 우리 집 개. 사람은 늙으면 머리카락이 하얗게 되는데, 두부는 나이 들면서 검은색 털이 나는 게 아닐까? 개인적으로 지금 이 이론이 가장 유력하다고 생각한다.

#리트머스개 #탄광촌개인줄

꼬질꼬질함은 나의 힘

사실 나의 꼬질꼬질함은 일종의 위장이다. 일명 대걸레 위장술 또는 슬럼가 레게 위장술이라고도 불린다. 조선시대 암행어사도 자신이 암행어사인 것을 들키지 않기 위해 일부러 허름한 옷을 입었다고 하지 않는가? 그렇지 않아도 나는 유기견에서 회사 대표의 자리까지 오른 입지전적인 존재인데다 평소 생활이 럭셔리한데, 털까지 하얗고 윤기가 나면 평범한 사람들이나 개들에게 너무 큰 위화감을 줄 수 있다.

엄마는 모르겠지만 엄마 아빠가 자는 사이 나는 여기저기 털을 부비고 다니면서 털을 최대한 부스스하게 만든다. 그리고 산책을 할 때마다 일부러 웅덩이를 밟고, 흙에 몸을 부비며 지나다닌다.

이 글을 읽고 어떤 사람들은 나의 사려 깊음에 감동할 수도 있다고 생각한다. 그래서 나는 사람들이 "대표님, 좀 씻으셔야 하겠어요~!"라고 할 때, '아, 내가 잘하고 있구나.'라고 느낀다. 이런 나의 깊은 속내를 엄마를 비롯한 많은 직원들이 이해하지 못할 것임을 안다. 그렇지만 그런 외로움이 바로 리더의 숙명인 것을. 왕관을 쓰려는 자. 응당 그 무게를 견뎌야 하지 않을까?

#잘못배운위장술

오블라디 오블라다

내가 비록 미국에서 그 뿌리를 시작했으나 나의 뼈는 꼭 한국에 묻을 것이다. 그만큼 나는 한국을 사랑한다. 한국 사람, 한국 음식, 한국의 경치 이런 것들도 좋지만 내가 가장 좋아하는 것은 바로 한국의 복식, 한복이다.

알 만한 사람은 다 내가 한복을 특별히 사랑한다는 것을 안다. 한국에서 사업을 하기 위해서는 이런 복장이 중요하다. 고객을 만날 때 내가 미국 개라는 것을 숨기기 위한 용도로도 좋고, 소비자들에게 한국에 대한 깊은 애정을 드러낼 수도 있다. 이렇게 유용한데 예쁘기까지 하다니. 특히 살에 닿는 부드러운 촉감이 다른 옷들과는 완전히 다른 행복감을 준다. 날개 달린 선녀랄까? 아, 나 남자지 참. 엄마가 자꾸만 여자 한복이 더 예쁘다고 여자 한복을 입혀서 나도 모르게 가끔 헷갈린다.

한복을 입으면 좀 더 특별해지는 날이 있다. 바로 민족의 명절, 설이다. 나는 원래 나이를 잊고 열정적으로 인생에 올인하는 스타일인데, 설만 되면 설빔을 입으면서 내 나이를 인식하게 된다. 나이를 먹는 것은 참 어깨가 무거운 일이다. 다른 개들의 모범이 되어야 한다는 책임감이 든다. 특히 나는 2년 동안 회사를 운영하면서 챙겨야 할 직원들도 많이 늘었다. 이렇게 많은 직원들의 생계를 책임지는 대표로서 느끼는 중압감. 거기다 내가 꿈꿔온 유기견 없는 세상을 만드는 데 한 발짝 다가서야 한다는 막중한 책임감을 느낀다.

이렇게 한 살 한 살 나이를 먹어가면서 흐르는 세월이 참 신기하기도 하고, 슬프기도 하다. 언제나 정정할 줄 알았던 우리 엄마도 내 바지 사장 노릇을 하면서 점점 나이가 드는 모습을 보니 안쓰럽기도 하다. 내가 빨리 이 회사를 키워서 우리 엄마 환갑 때 예쁜 한복이나 한 벌 맞춰줘야겠다.

#한복입으니유교사상충만 #허위효심충만

한복을 입으면 좀 더 특별해지는 날이 있다.
바로 민족의 명절, 설이다.

벤자민 두부의 시간은
거꾸로 간다

요즘 많이 듣는 말이 있다. "대표님, 동안이시네요?" 동안, 참 낯선 단어다. 사실 나는 태어날 때부터 동안은 아니었다. 이 모든 것은 엄마의 사랑의 힘도 아니고, 먹는 것의 힘도 아니고 그저 관리의 힘이다.

연예인들이 관리, 관리하고 강조하는 데에는 정말 이유가 있다. 보호소 시절, 그나마 예쁜 친구들이 먼저 입양이 되는 것을 보았을 때부터 나는 외모를 가꾸는 것에 관심이 많았다. 정말 슬픈 현실이지만 외모지상주의는 인간 세계에서만 판치는 것이 아니다. 외모로 개를 판단하는 인간들은 반성하라! 반성하라!

사실 나도 어디 가서 꿀리지 않는 외모지만, 관리는 계속 해

쥐야 한다. 나의 이미지가 곧 기업의 이미지이기 때문이다.
내가 건강하고 어려 보여야 회사가 오래오래 번성할 것이라
고 믿는다. 나도 정말 이러고 싶지 않지만 대표가 된 뒤로는
어쩔 수가 없다. 관리는 필수, 시술은 선택! 가슴이 뛰는 대
로 하면 돼.

내가 동안으로 살아가기 위해 얼마나 많은 돈을 들이는지
알면 사람들이 놀랄 것이므로 일단 비밀에 부치겠다. 사람
들은 영화 〈벤자민 버튼의 시간은 거꾸로 간다〉를 보고 있는
것 같다며 놀라기도 한다. 어떤 사람들은 엄마, 아빠가 사랑
을 많이 줘서 그렇다며 감동을 느끼고 눈물을 훔치는데 그
건 절대 아니다. 99퍼센트의 노력과 1퍼센트의 돈으로 이루
어지는 것이 바로 관리다.

#나르시시즘폭발 #어디서부터잘못된걸까

99퍼센트의 노력과 1퍼센트의 돈으로
이루어지는 것이 바로 관리다.

3

사지 말고,

입양하세요

바잇미에 입사한 이유 직원편

나는 다른 회사를 2년 정도 다닌 사무직 직장인이었다. 출퇴근을 반복하며 누구를 위해서 하는지조차 모르는 일을 아등바등 쳐내다 보니 내가 꼭 감정 없는 재봉틀이 된 것 같았다. 매일 아침 출근길에 생각했다. 나는 왜 대학을 가기 위해 공부했고, 대학에서는 왜 취직이 안 될까 봐 그렇게 노력하며 눈물을 쏟았을까? 지금은 이렇게 아무것도 아닌 일들을 하고 있는데. 고작 이런 현실을 위해서였을까?

어느 날 나를 향해 종이를 던지며 소리 지르는 상사에게 충동적으로 사직서를 건넨 뒤 회사를 그만뒀다. 자연스레 인생에 휴식기를 갖게 되었다. 그러다 모아뒀던 돈과 퇴직금을 거의 다 탕진할 무렵 다시 일을 시작해야겠다는 생각이 들었다. 그런데 또다시 비슷한 일을 하면 오래 버틸 자신이 없었다. 돈도 돈이지만 적어도 가치 있는 일을 하고 싶었다.

그러던 중에 매일 인스타그램으로 보던 회사에 채용 공고가 올라왔다. 바잇미였다. 유기견, 유기묘를 돕기 위해 간식과 옷, 제품을 만드는 회사였다. 나는 당장 입사 지원 신청서를 냈다. 이 회사에서라면 어쩌면 자신을 부속품으로 여기지 않고 다닐 수 있을 것 같다고 생각했다.

원서를 내고 서류전형을 통과한 후 대표님과 최종 면접을 보았다. 그리고 기나긴 면담을 거쳤다. 회사의 가치와 앞으로의 방향에 대해 이야기하는 시간이었다. 면담할 때는 두부 대표님이 친절하고, 착한 줄만 알았는데 지금 보면 좀 속은 것 같기도 하다. 좋게 말해서 카리스마 있는 편…. 역시 회사 대표는 대표라고 생각했다. 오히려 너무 착한 것보다 저렇게 강단 있는 모습이 회사를 운영하는 대표의 모습에 더 적절하다는 생각은 든다. 본인이 생각한 가치가 옳다고 믿으면 다른 유혹에 넘어가지 않고, 자기의 길을 꿋꿋이 지켜가는 모습이 좋기도 하다(절대 대표님이 옆에서 시켜서 쓰는 글이 아님을 밝힙니다).

대표님과 창업 멤버들은 1년이 넘게 무급으로 일했다고 한다. 나는 당연히 월급을 받았지만, 더 큰 책임감 같은 걸 느껐다. 시간이 지나면서 우리 회사의 가치에 공감해주는 사람들이 많아지고, 도와주시는 분들도 많아졌다. 반려가족들에게 필요한 좋은 제품들을 만들면서 유기견, 유기묘에 대한 인식을 개선시키고 있다고 생각하면 큰 보람을 느낀다.

1년 넘게 회사에 다니면서 한 번도 그만두고 싶다는 생각이 든 적이 없는 근무 환경. 이런 회사를 만들어준 대표님과 직장 동료들에게 너무너무 감사하다(다시 한 번, 누가 시켜서 쓴 글이 아님을 밝힙니다).

데뷔

처음부터 바잇미 광고에 출연할 생각은 전혀 없었다. 회사 대표가 영상 전면에 출연한다? 좀 촌스럽다고 생각했다. 그런 건 지역방송 광고에서나 있는 일 아닌가? 나는 조용한 카리스마로 뒤에서 직원들을 통솔하고, 바지 사장을 전면에 세워서 대표 노릇만 할 예정이었다.

그러나 광고 모델을 뽑기 위한 숱한 면접을 보고 난 후 그 결심은 바뀌었다. 어딘가 부족한 생김새, 잘못된 표정 관리, 부자연스러운 포즈. 정말이지 마음에 쏙 드는 개 모델 하나 고르는 게 이렇게 어려울 줄이야. 내 기준에선 프로 모델다운 개가 하나도 없었다.

"얘들아, 여기까지 왔으면 좀 제대로 하지?"라는 말이 절로 나왔지만 대표의 품위를 유지하기 위해 자제하고, 웃으며 돌려보냈다. 결국 직원들은 나에게 광고 출연을 간곡하게 부탁할 수밖에 없었다.

대망의 광고 첫 촬영일. 처음에는 나도 조금 긴장되었지만 이내 그 긴장은 눈 녹듯 사라졌다. 카메라 앞에 선 내 모습은 마치 모차르트가 피아노를 처음 만났을 때의 순간처럼 아주 자연스러웠다. 이 옷, 저 옷 입어보고 각 옷의 컨셉에 맞는 표정과 포즈를 취했다. 이런 미세한 연기를 하면서 내가 연기 천재는 아닐까 하고 생각했다. 혹시나 내 출중한 외모에 연기가 가려질까 봐 걱정이 될 정도로 나의 카메라 빨은 장난이 아니었다. 사실 모델로서는 늦은 나이에 시작했지만, 지금까지 이 업을 모르고 살아온 지난 견생이 아까울 정도로 나는 타고난 모델이었다.

#작가는공짜 #돈없다는거니까됐으니하세요

카메라 앞에 선 내 모습은 마치 모차르트가 피아노를
처음 만났을 때의 순간처럼 아주 자연스러웠다.

꾸루의 등장

회사의 디자이너 이모가 군식구를 한 명 데리고 왔다. 바로 '꾸루'라는 갈색 말티즈와 푸들 믹스견. 아무리 내가 마음이 따뜻한 대표라고 하더라도 회사는 이익을 추구하는 곳! 아무런 능력도 없는 개를 직원으로 두고 월급을 줄 수는 없었다. 꾸루에게 너는 너네 엄마가 회사에 올 때 집에 있으라고 권유하기 위해 우리 회사에서 가장 비싼 간식을 챙겨 회의실로 들어갔다. 꾸루는 아직 너무 어려서인지 대표가 얼마나 어려운 존재인지 모르고 혼자 까불고 정신없이 내게 들러붙었다.

이러는 꾸루가 귀찮기도 했지만, 대표 체면에 그런 직원 아니, 군식구에게 너무 살갑게 대해줄 수는 없었다. 그래서 일부러 입을 쩍 벌리고 호통을 쳤다. 꾸루는 좀 진정하더니 자신의 얘기를 했다. 꾸루의 견생 얘기를 듣다 보니 갑자기 마음이 아려왔다. 꾸루는 입양된 지 3개월 만에 파양된 아픔을 가지고 있었다.

결국 나의 하해와 같은 아량으로 꾸루와 나는 이제 한 회사 식구가 되었다. 물론 공짜로 회사에 있을 수는 없으니 모델 일을 시키기도 하고, 엄마가 눈치가 없어서 못 챙겨주는 내 개인 잡무를 맡기기도 한다. 가끔은 나보다 젊고, 똑똑하고, 늘씬한 꾸루가 내 대표 자리를 넘보지는 않는지 불안할 때도 있다.

#굴러온꾸루박힌두부빼낸다 #노심초사 #전전긍긍

꾸루는 입양된 지 3개월 만에
파양된 아픔을 가지고 있었다.

 워커홀릭

한 회사의 성공한 대표이자 인플루언서로서 나는 많은 질문을 받는다.

어떻게 그 자리까지 오르셨어요?
어떻게 지금의 자리를 유지하시는 거예요?
성공의 비결은 뭐예요?
(왜 아무도 미모의 비결은 묻지 않는지 모르겠다)

그럴 때마다 시크하게 웃어 넘겼지만 이 책을 읽는 분들을 위해 특별히 몇 가지 비법을 공유한다. 가장 중요한 것은 모든 일에 있어서 완벽을 추구해야 한다는 점이다. 회사에서는

이런 나를 인간에 빗대어 스티브 잡부라고도 부른다. 과한 칭찬인 건 맞지만, 듣기 싫진 않다. 내 비록 소변도 혼자 못 누러 가는 개 신세이지만, 내 일을 함에 있어서는 단 하나의 흐트러짐도 없이 수행하려고 한다.

회사에서 내가 하는 일은 대체로 이렇다. 신상품을 맛보고 맛 평가 및 피드백 주기, 사람들에게 우리 제품을 홍보하고 소개하기, 모델 업무, 직원들 격려하기 등이 있다. 이 많은 일을 한 몸으로 소화할 수 있는 건가 싶겠지만 스스로를 이겨내면 얼마든지 가능하다.

두 번째는 바로 고집이다. 고집스럽게 자기가 하고 싶은 것을 밀고 나가야 한다. 내가 만약 엄마가 주는 아무 음식이나 먹으면서 현실에 순응했다면, 과연 이런 최고급 간식을 만들 수 있었을까? 내가 만약 소변을 집에서만 눴다면, 하루 네 번 산책을 하며 보내는 사색과 고뇌의 시간을 얻지 못했을 것이다.

옆에서 직원들이 자꾸 대표님 그만 하시라는데 왜 이러는지 모르겠다. 나에게 꼰대니 뭐니 하는데, 나는 꼰대가 아니라 그냥 나의 경험을 통해 후배들에게 희망을 주려는…(끌려 내려간다. 질질질).

#지위와권력을이용하는꼰대 #피곤한스타일

 그리스식 공동 육아

플라톤이 말한 이상적 국가의 모습 중에 '공동 육아'가 있다. 갑자기 플라톤 얘기가 나온다고 나에게 위화감 같은 것은 느끼지 않았으면 좋겠다. 대표가 되려면 이 정도 철학자 이름은 외워줘야 직원들의 존경을 받으므로.

아무튼 공동 육아를 하는 이상적인 모습이 바로 우리 회사, 바잇미에서 실현되고 있다. 육아라고 하면 내 기분이 조금 언짢긴 하다. 그래도 혼자서는 현관을 나가기 힘든 내 신세를 생각하면 단어 하나하나에 예민하게 반응하고 살면 견생이 더 피곤해진다는 것쯤은 알고 있다.

육아라는 이름의 시중을 들고 있는 우리 직원들. 비가 오나, 바람이 부나, 눈이 내리나 매일매일 하루 네 번의 시중, 아니

산책을 한다. 이것은 나의 지독하고 철저한 계획의 결과물이다. 아무리 집 안 전체를 배변 패드로 도배해도 절대 화장실에 가지 않는 건 물론, 엄마가 생잔디를 사와서 깔아줘도 모르쇠. 이 정도로 하면 말 못하는 개에게 맞춰야지, 어떻게 개가 사람에게 맞출 수가 있나. 아무도 나를 당해낼 재간이 없다.

대표가 되고 나니 생각할 것도 많아지고 아주 중요한 결정을 해야 하는 순간도 많아지니 산책은 필수다. 지금 나의 이런 삶은 대표라서 누리는 건데 꾸루가 자꾸 자기도 공동 육아의 일원이 되려고 하는 게 괘씸하다. 너는 안 되고, 나는 된다! 그것이 나의 원칙!

어쩌면 지금부터 몇 년 뒤에는 하루 네 번이 아니라 여섯 번은 산책을 가야 될 수도 있을 것 같다. 역시 직원을 좀 더 뽑아야겠구먼!

#상시채용 #일자리창출이등공신 #너라에서상은따로인주나요

산책 노예로 살아가는 일 <small>직원편</small>

아오, 이 개 어떡하지? 춥고 비 오는데 지금 나더러 나가자고 내 바짓가랑이를 잡아끌고 있다. 안 나간다고도 못하겠고, 그냥 울고 싶다. 해야 할 일이 밀려 있는데 정말. 아니, 대체 바지 사장님은 왜 모른 척하는 거예요?

이놈의 개는 대표가 된 뒤로 걸음걸이도 달라졌다. 무슨 양반인지 거북인지 아주 천천히 어슬렁어슬렁하면서 걷는다. 다른 개들은 빠릿빠릿 잘만 다니던데 우리 대표님은 지나가는 비둘기한테 왕 한번 짖어주고, 조용히 지나가는 개미 한번 꾹 밟아준다. 인성, 아니 견성이 아주 끝내주는 우리 대표님. 이러면서 다른 개가 나타나면 무서워서 내 뒤로 벌벌 떨며 숨는다. "대표님 진정하세요. 괜찮아요. 제가 있잖아요."

오늘도 대표님을 안심시키고 천천히 산책로를 걷는다.

추워서 빨리 들어가고 싶은데 둘러보고 싶은 건 뭐가 또 그렇게 많은지, 정말 환장하고 팔짝 뛸 노릇이다. 빨리 가자고 줄이라도 잡아끌면 갑자기 눈을 세모로 뜨고 도끼눈으로 나를 쳐다본다. 아휴…. 다리도 짧은 게 왜 이렇게 무서워. 갑자기 대표님이 말을 할 수 있는 건 아닌지 걱정까지 된다. 그래서 그냥 산책 줄을 잡고 시키는 대로 조용히 따라간다. 처음에는 조금 귀엽고 재미도 있었는데 그건 날씨가 따뜻할 때나 얘기지. 추운 날 손도 시린데 산책까지 하면 핸드폰도 못하고 그저 고통스럽다.

그래도 또 월급날이 되면, 대표님 덕분에 내가 오늘 따뜻한 밥 한 끼 먹는 건데 고용주로서 잘 모셔야지 하는 생각도 든다. 이제는 대표님이 나한테 같이 산책하러 가자고 안 하면 조금 섭섭하기까지 하다. 대표님이 나보다 다른 직원을 더 좋아하는 건 아닌가 싶어서 약간 불안하기도 하다. 아… 이런 게 바로 길들여진다는 건가.

#축하합니다 #스톡홀름증후군에걸리셨군요

 우리 집을 부탁해

엄마와 직원들이 봉사활동을 하던 보호소에서 충격적인 소식을 들었다. 보호소 사장님은 보호소를 손수 지어가며 7년 동안 아이들을 돌봐주셨는데, 보호소 부지 문제로 인해 더이상 아이들이 머물 수 있는 곳이 없다는 것이었다.

여름에는 가뭄에 물이 마르고 겨울에는 물이 얼어버려서 물조차 마음 놓고 마실 수 없는 보호소의 친구들. 예전의 내 모습을 보는 것만 같아 빨리 이 친구들에게 뭐라도 해주어야 할 것 같았다. 바잇미 직원들과 긴급회의 끝에 200마리가 넘는 유기견과 유기묘들을 위해 '우리 집을 부탁해'라는 텀블벅 프로젝트를 기획했다.

거창한 것도 아니었고,

그냥 친구들이 마음 놓고 잠들고,

먹을 것 걱정 없이 지내게 해주고 싶었다.

그렇게 시작하게 된 배지 모금 활동! 이번 배지는 의미 있는 일인 만큼 바잇미의 대표인 내가 먼저 나서서 배지의 모델이 되었다. 또 베스트셀러《히끄네 집》의 주인공 히끄, 대형견 터보도 흔쾌히 모델이 되어주었다. 모두들 아픔을 겪었던 유기견, 유기묘 친구들이었다. 지금 보호소에 살고 있는 친구들이 더 이상 상처받지 않기를 바라는 마음으로 뜻을 모았다. 그렇게 모델들과 우리 디자인 팀의 노고가 더해져 텀블벅 프로젝트가 시작되었다.

결과는 정말 놀라웠다. 목표액의 1,615퍼센트 달성! 약 3천 3백만 원이 모인 쾌거를 이루었다. 지금도 후원해주신 많은 분들에게 정말 감사하다. 회사를 운영하면서 가장 뿌듯한 순간이었다.

#CEO의선행 #왼손이한일을오른손이알게하라 #확성기어디있나요

여름에는 가뭄에 물이 마르고 겨울에는 물이 얼어버려서
물조차 마음 놓고 마실 수 없는 보호소의 친구들.
예전의 내 모습을 보는 것만 같아 빨리 이 친구들에게
뭐라도 해주어야만 할 것 같았다.

오피스 맘

하영이는 우리 회사의 막내다. 물론 나보다 어리지는 않지만 개의 수명과 인간의 수명을 비교할 수 없으니까 하영이가 제일 어린 걸로 해두자. 아무튼 하영은 나의 오피스 맘이다. 내가 회사에 나가는 것은 나의 오피스 맘을 보러 가는 거라고 해도 무방하다. 왜냐하면 나의 오피스 맘은 바지 사장이자 하우스 맘인 엄마와 비교해 훨씬 친절하고 착하다.

공과 사는 확실해야 하는데 우리 엄마는 그게 잘 안 되는 사람이다. 내가 집에서는 한낱 개일 뿐이지만 회사에서는 엄연히 대표인데, 나를 너무 대표로서 대접해주지 않는다. 집에서는 내가 엄마에게 안겨 있지만 회사에 오면 대표로서 바지 사장인 엄마에게 진지하게 일을 시키고, 때로는 혼내기도 하는 것이다. 하긴, 엄마 입장에서도 어떻게 상사가 편할 수 있겠나. 아무튼 회사를 창업하면서 어색해진 우리 사이의 보완재 역할을 하영이 톡톡히 해주고 있다.

나는 회사에서 산책하러 나갈 때 일부러 엄마 대신 하영을 찾아간다. 엄마가 그 상황을 좋아하는 것 같아서 가끔은 내가 엄마에게 속고 있는 건 아닌가 싶기도 한데, 아무튼 엄마랑 같이 산책 가는 것보다 하영 맘이랑 같이 산책 가는 게 더 좋다.

그리고 하영 맘은 내가 좀 짜증을 내도 잘 받아준다. 우리 엄마는 짜증이 거의 생활인 사람이라서 내가 조금이라도 짜증 나게 하면…(뒷말 생략).

하지만 하영 맘은 조금 심술궂게 대해도 넓은 아량으로 나를 받아준다. 가끔은 하영 맘 집에 가서 자고 싶은 마음이 굴뚝같은데, 매일매일 나를 끌고 우리 집으로만 가는 엄마가 야속할 때도 있다.

요즘 나는 우리 회사의 복리후생 업그레이드에 총력을 다하고 있다. 오직 하영, 너만을 위해서.

#하영이의의사는중요하지않아 #오직나의감정만중요할뿐 #이기주의 심한개

질투는 나의 힘

신상 후드티셔츠 촬영이 있는 날이었다.

"아휴, 대표님. 왜 이렇게 머리가 옷에 안 들어가죠?"

스타일리스트가 내 머리에 후드티셔츠를 넣다가 포기한 듯
티셔츠를 내려놓고 말한다. 어제 야식으로 황태 채를 먹었
더니 아주 조금 부어서 그런 건데, 또 머리 크다고 타박 주는
거요? 오해야 오해.

"아휴 대표님…, 다리 길이 때문에 이 옷 접어야 할 것 같
은데 어떡하죠?"

아니, 며칠 전에 만들어진 긴 옷이 잘못이지. 이렇게 약 10년을 살아온 내 짧은 다리가 잘못이란 말이냐?

반면 꾸루는 이미 옷을 다 입고 또 하영이 옆에 가서 갖은 애교를 부리고 있다. 저 얄미운 자식. 꾸루는 선천적으로 작은 머리와 긴 다리를 가지고 태어났다. 모델로서는 꽤 축복받은 신체다. 물론 나처럼 완벽한 표정 연기와 포즈가 나오는 것은 아니지만 사람들은 자꾸만 꾸루의 핏을 칭찬한다.

하지만 사람들은 중요한 사실을 잊고 있다. 꾸루처럼 얼굴 작고 다리 긴 애들은 세상에 그렇게 많지 않다. 원래 옷 모델은 나처럼 평범한 머리 사이즈와 다리 길이를 가진 애들이 해야 한층 현실감이 있는 법이다. 인터넷 쇼핑몰에서 구매하고 실패도 많이 해본 알 만한 사람들이 왜 그러는지.

이내 꾸루가 다가오더니 "대표님, 머리가 또 안 들어가요?"라고 묻는다. 속으로만 생각해도 될 말을 굳이 저렇게 물어본다. 내가 이래서 해맑고 눈치 없는 개들을 싫어하는 것이다.

#모델계의이단아 #조선시대에는볼만했던피지컬 #시대를잘못타고태어난개

전지적 디자이너 시점 직원편

바잇미에서 디자이너로 일하고 있는 나는 이 회사에 큰 포부를 안고 들어왔다. 많은 청년들의 꿈과 희망, 스타트업! 기존의 시스템과는 다른 수평적인 관계, 혁신적인 마케팅, 브랜딩, 운영 전략. 거기다 이 회사의 가치는 동물을 사랑하는 나에게 딱 맞는 정말 최적의 회사였다.

하지만 부푼 기대와 다르게 이 회사는 아주 수직적인 회사였다. 물론 바지 사장님을 포함한 모든 '사람' 직원들은 수평적인데, 우리 모두의 머리 꼭대기에는 두부 대표님이 있었다. 대표님은 철저하게 개의 시점에서 회사를 운영했다.

물론 이보다 혁신적일 수는 없었다. 나도 사고방식을 바꾸는 데 시간이 필요하긴 했다. 개의 입장에서 생각하면서 간식을 만들고 패키지를 디자인하는 일은 정말 놀라웠다. 이보다 창의적이고 혁신적인 회사는 있을 수 없다고 생각할 만큼.

문제는 디자이너로서 나의 직무에 있었다. 바잇미 홈페이지에 들어와 본 사람이라면 다 알겠지만, 회사 분위기에 딱 맞는 심플하고 멋진 디자인은 모두 내 덕이다. 나도 이렇게 나의 역량을 100퍼센트 끌어내주는 두부 대표님에게 약간의 고마운 마음은 있다. 하지만 나에게도 이게 정말 맞는 건가… 이게 정말 디자이너의 현실인가… 싶은 일이 있다. 바로 대표님이 옷을 착용한 사진을 포토샵 하는 일이다.

대표님은 본인이 정말 타고난 모델인 줄 알고 있지만 나는 대표님의 사진을 포샵하는 데 실제로 꾸루보다 약 세 배의 시간을 더 써야 한다. 우선 지나치게 큰 머리 크기를 줄이고, 꼬질한 회색 털을 하얗고 윤기 나게 만든다. 그렇게 완성된 대표님의 광고 사진을 보고 뿌듯한 미소를 짓는 대표님의 얼굴을 보면 심사가 뒤틀릴 때도 있다. 하지만 나는 고용주에게 그런 표정을 들킬 수 없어서 자본주의의 미소를 지으며 말한다.

"대표님, 역시 대표님은 모델이 천직이십니다! 굽신굽신!"

 상처로 얼룩진 VJ특공대

하루는 이런 전화가 왔다. "안녕하세요. KBS2 〈VJ 특공대〉입니다. 거기가 개가 대표인 회사 맞죠?" "네 맞습니다." 그렇게 나는 텔레비전에 출연을 하게 되었다.

사실 미디어 출연에 익숙한 나는 크게 동요하지 않았다. 공중파 방송의 섭외는 충분히 예상한 일이었다. 다만 인스타그램 같은 편하고 가벼운 SNS에서 활동하다가 좀 경직된 분위기의 공중파에 출연하려니 조금 긴장되었던 것은 사실이다. 작가분들과의 만남부터 촬영 당일까지 나는 일관된 양복 차림으로 격식 있는 모습을 충분히 보였다. 우리 회사의 향후 사활이 걸린 아주 중요한 방송이라고 생각했기 때문이다.

방송 촬영은 생각했던 것보다 몇 배는 더 힘들었다. 몇 분 동안 방송이 되는 건지는 모르겠지만 촬영은 거의 온종일 걸렸다. 촬영해주는 스태프분들께 잘 부탁드린다며 맛있는 커피와 다과도 돌렸다. 컷이 안 나와서 계속 똑같은 연기를 할 때에는 내가 정말 이렇게까지 해야 하나 싶은 순간도 있었다. 하지만 방송이 나갔을 때의 영광을 생각하며 가까스로 촬영을 마쳤다.

우리 에피소드 촬영분이 방송되었던 2018년 2월 9일 밤. 나와 회사 식구들은 긴장되는 마음을 부여잡고 내 모습이 나오길 기다렸다. 같은 시간대에는 올림픽 개막식이 있다고 했다. 하지만 그래도 내가 출연하는데 사람들이 많이 봐주겠지, 내심 기대했다. 그러나 우리 에피소드는 국민 피겨요정 김연아의 성화 봉송 시간과 정확하게 일치했다. 사람들은 모두 오랜만에 모습을 드러낸 김연아 이야기로 시끄러웠다. 결국 VJ 특공대는 역대 최저 시청률을 기록했다. 피디님이 내 견종을 나와 피 한 방울 안 섞인 말티즈라고 대문짝만 하게 표기했지만, 아무래도 상관없었다. 방송은 거의 아무도 안 봤다고 해도 과언이 아니기 때문이다. 그로부터 몇 개월 후 〈VJ특공대〉는 폐지되었다.

#VJ특공대해산 #잘못된만남

우리 에피소드는 국민 피겨요정 김연아의
성화 봉송 시간과 정확하게 일치했다.

🐾 바리가 오던 날

바리는 바잇미 직원이 작년 겨울에 입양한 개인데, 태어난 지 몇 개월도 채 되지 않은 아기일 때 버려진 불쌍한 친구다. 약 한 살 정도 된 믹스견 바리의 사진을 본 직원은 하루 반 차를 내고 전라남도까지 가서 바리를 직접 데리고 왔다.

바리는 이름처럼 항상 빨리빨리 움직인다. 할머니가 개는 이름 따라 간다고 나를 행복이라고 불렀던 것은 어쩌면 맞는 말일지도 모르겠다. 아니, 그러고 보니 꾸루도 맨날 배가 아파서 설사를 자주하는데. 배에서 꾸룩꾸룩 소리도 자주 난다. 어른들의 지혜는 정말이지 한 수 위다. 어쨌든 이름을 바리로 짓지 않았더라면, 저렇게 하루 종일 발발거리고 다니지 않았으려나?

바리는 단 한 순간도 바닥에 엉덩이를 붙이고 앉아 있지 않는다. 매 순간 우다다. 나는 어떻게 저렇게 에너지가 넘칠까 싶어 바리를 인턴으로 채용했다. 하지만 바리는 에너지가 넘쳐도 너무 넘쳤다.

발발거리고 다니다가 전선에 걸려 넘어져 디자이너가 하루 종일 해온 작업을 한 순간에 다 날리질 않나. 가장 큰 문제는 옆자리 꾸루와 하루 종일 시끄럽게 싸우는 탓에 나를 포함한 직원들이 업무에 집중할 수가 없다는 것이었다.

바리는 약간의 훈련이 필요한 것으로 보여 결국 재택근무로 일하고 있다. 빨리 훈련을 끝내고 바잇미의 개 직원들이 한 사무실에서 오순도순 일하기를 바란다. 종종 바리와는 영상통화로 업무 의견을 주고받는데, 잠시도 가만히 있지 않아서 절대 화면 안에 제대로 들어온적이 없다. 바리야~ 얼른 철 들어서 형님이랑 같이 일하자.

#그건뺑 #바리벌써9킬로그램돌파 #체급차이

 불치병

바잇미는 온라인으로 사업을 시작했다. 아무래도 사진과 영상으로만 나를 만나다 보니 댓글로 나에 대한 애정을 전하는 사람들이 많았다. 그분들을 위해 직접 만나는 자리를 만들고 싶었다. 연예인들도 팬 사인회, 팬 미팅 등을 통해서 자신의 팬들과 만나곤 하는데 나도 그렇게 나를 좋아해주는 분들을 한번 만나보고 싶었다. 그래서 직원들에게 아무래도 나의 인기가 자꾸만 높아지는 것 같으니 팬 미팅을 열자고 말했다. 직원들의 눈에 스쳐가는 당황스러움은 나의 기분 탓일까?

아무도 쉽게 입을 떼지 못하는 가운데, 옳고 그름을 직설적으로 말하는 바지 사장이 말을 이어간다. "안 돼, 두부야. 너

그만큼 인기 없어. SNS에 '좋아요'를 눌러주는 건 그냥 사람들이 습관적으로 누르는 거야."

그러자 오피스 맘 하영이 말한다. "아니에요. 그래도 두부를 진짜 좋아해서 댓글 다는 사람도 있어요. 깊이 좋아하는 사람은 몇 명 없을지 몰라도, 그 몇 분이라도 와주시면 그렇게 팬 미팅 할 수 있는 거죠!"

갑자기 둘이 경쟁하는 분위기다. 사람들이 나를 좋아한다, 안 좋아한다로 나뉘어 둘이 논쟁을 하는데 말하는 내용이 썩 기분이 좋지는 않네. 이내 다른 직원이 말했다. "그럼 펫 페어 참여할 때 대표님도 잠깐 방문하시는 건 어때?"

솔로몬 같은 해결책에 우리 모두 감동했다. 절로 박수가 나왔다.

그렇게 나는 첫 펫페어 방문을 고대했다. 시간이 다가올수록 떨려오는 마음을 주체할 수 없었다. 바지 사장의 말이 사실이면 어떡하지. 사람들이 날 못 알아보고, 안 좋아해주면 어떡하지?

드디어 펫페어 당일. 사람들이 나를 보고 "꺄~ 두부다~!" 하며 좋아해주기도 하고, 내게 간식을 사주기도 했다.

바지 사장 봤나? 나의 이 인기!

나는 기분이 상기되어 직원들을 쳐다봤다. 마침 직원들끼리는 내 이야기를 하고 있었다.
"대표님 벌써 연예견병 걸린 것 같은 데 어떡하지?" "그러니까. 잘생긴 척하는 것 좀 봐. 저거 불치병이야. 못 고쳐." 나는 애써 모른 척했다. 그것이 대표의 길.

#지독한병마와싸우고개신대표님 #완치기원

208

 개 시장의 견미리 팩트

여러 오프라인 행사에서 확인한 나의 인기와 더불어 내가 자랑하고 싶은 게 하나 더 있다. 바로 내 얼굴을 직접 걸고 판매하는 제품들이다. 요즘 같은 무한 경쟁 시대에 사실 제품의 질이 좋다고 모두 잘 팔리는 것은 아니다. 동료들도 좋은 제품을 많이 만들지만 망하는 사례를 자주 보곤 했다. 그런데 내 제품이 꽤 팔리는 이유는 바로 나의 '천의 얼굴' 때문이다.

가끔 나는 배우 천호진, 박휘순, 안재욱을 닮았다는 소리를 자주 듣는다(너무 소름 끼칠 정도로 세 배우의 공통점이 없는 거 아닌가?). 물론 그분들에게는 정말 죄송하지만 나도 가끔은 내가 사람으로 태어났다면 그분들처럼 천상 배우의 얼굴이 아니었을까 생각하곤 한다.

나의 이런 얼굴은 화면발을 잘 받는다는 특징이 있다. 아무 생각이 없는 표정, 무표정, 아무 감정이 없는 표정, 쓸쓸해서 아무 생각이 없는 표정 등 내면의 다채로운 감정 표현을 통해 나의 기분을 전달하는 데 특화되어 있다. 이런 다양한 얼굴들을 바탕으로 한 화면에서 마치 경극처럼 순간순간 표정을 바꾸는 스킬도 가능하다. 물론 착한 사람들 눈에는 더 잘 보인다.

꾸루가 제 아무리 모델견이어도 나의 완판 행진을 따라갈 수는 없다. 그래서 이 회사에는 내가 꼭 필요하다. 앞으로도 나는 철저한 미모 관리를 통해 우리 회사 광고에 직접 출연할 예정이다. 홈쇼핑에 견미리가 있다면, 반려동물 시장에는 내가 있다!

물론 내가 얼굴만 믿고 얼굴값 하는 개는 아니니까 당연히 더 나은 제품을 만드는 데 만전을 기하는 일도 소홀히 하지 않을 것이다.

#조금소홀하면더잘팔릴것같음

학술 연구

내가 산책을 하면서 즐기는 일이 몇 가지 있다. 그것은 바로 다른 강아지의 특징 맞추기. 개의 발자국, 홍채, 털 속 DNA 뿐만 아니라 개의 소변과 대변 역시 개를 식별할 수 있는 뚜렷한 증거가 된다. 혈액이 걸러져 나온 노폐물이 소변인 것쯤은 다 알고 있겠지? 그래서 나는 소변이 절대 더럽다고 생각하지 않는다. 소변은 그저 혈액의 노폐물 정도인 것을. 개를 직접 마주하는 것은 나에게 너무 힘든 일이므로 나는 그저 다른 개의 소변과 대변 상태를 체크하면서 내 동족들의 체취를 느낀다.

아무튼 나는 가을이 되면 유독 강아지 학술 연구에 총력을 다한다. 천고마비의 계절에는 강아지들이 평소 식사량보다

어머니, 동족의 번영과 안녕을 위해서 내 한 몸 희생해서
철저하게 연구에 임하는 것인데 어찌 그렇게 급하게 구시오.

과하게 먹어서 변 상태가 조금 나빠지는 시기이기 때문이다
(근거 없음). 얼마 전 내 옆을 지나가던 푸들 친구는 요즘 다
이어트를 하는 것 같다. 물을 많이 먹었는지 소변 냄새가 짙
지 않다. 변도 많이 누지 않았다. 그 친구, 건강해야 할 텐
데….

엄마는 내가 이렇게 학술 연구에 열중하느라 온 신경을 곤
두세우고 있는데, 5분이면 도착할 거리를 20분만에 간다고
바가지를 박박 긁는다. 하지만 어머니, 동족의 번영과 안녕

을 위해서 내 한 몸 희생해서 철저하게 연구에 임하는 것인
데 어찌 그렇게 급하게 구시오. 내가 엄마의 등쌀에 아직 제
대로 된 논문 한 편 쓰지 못한 것이 한스럽다.

#퀴리부인아니여? #왜저래

대표의 학술 연구가
불편한 이유

두부야, 제발! 나는 오늘도 두부 때문에 지각을 한다. 뛰어가는 건 기대하지도 않았다. 정상적으로만 걸으면 시간 안에 갈 수 있는데 두부는 최대한 느릿느릿 쿵쿵거리며 낙엽을 온몸에 붙인 채 걷는다. 그러면 나는 소리도 지르고 회유도 해보고 모른 척도 하는 등 별짓을 다 해보지만, 두부는 오직 자기 속도로 걷기를 고집한다. 덕분에 오늘도 또 회사에 지각이다.

나와 산책할 때면 유독 더 늦게 가는 것 같다. 나는 평소에 늦잠을 많이 자서 원래도 지각할 판인데, 두부 때문에 수습 불가능할 정도로 지각을 한다. 지각을 자주 하면 내가 회사를 위해 하고 있는 노력들이 퇴색된다.

나는 바지 사장으로서 충분히 노력하고 있다. 솔직히 한국에서 개가 대표를 하기에는 한계가 많다. 사람만이 회사를 설립하고, 운영할 수 있어서 내가 모든 일 처리를 다 해야 한다. 직원들과의 소통도 내가 하고, 외부와의 커뮤니케이션도 내가 한다. 거기다 나는 비서 역할도 수행한다. 두부가 우리 회사의 명목상 대표이기 때문에 두부의 건강 관리에도 신경을 많이 쓰고 있다.

이렇게 과중한 업무가 나에게 얼마나 스트레스인가 하면, 어디 라디오나 텔레비전 프로그램에 '매일 변 냄새 맡느라 지각하는 개'라는 제목으로 사연을 제출하고 싶을 정도이다. 이 사정을 다른 동료들이 알아줘야 하는데 그들은 내가 늦잠을 자놓고 자꾸 두부 평계를 댄다는 의심을 한다. 물론, 아주 가끔은…. 그럴 때가 한 번도 없었다고는 못 하겠지만 내가 지금 이렇게 노력하는데 그 정도 요령도 못 부리면 너무 서럽지 않나.

정말 이러다 회사에서 지각쟁이로 낙인찍힐 것만 같다. 하지만 이미 그런 듯도?

10년이 지나면 개도 변한다

나도 나이를 먹으면서 내 성격의 변화를 몸소 느낀다. 이상하게 엄마 곁에서 떨어지는 게 힘들다. 엄마가 어디로 나갈 때면 웬만하면 나를 데리고 갔으면 좋겠고, 엄마 아빠가 나를 두고 밖에 나가는 게 싫다. 원래의 나라면 상상할 수 없는 일이다. 나는 잠깐이지만 보호소 생활도 했고, 혼자 있는 사색의 시간을 즐기는 고독남이었는데… 요즘은 이런 내가 나도 낯설다.

나의 일상은 바쁘긴 하지만 단조롭다. 내 목에 산책 줄을 채워주면 익숙한 길에서 산책을 하며 출근한다. 회사에 출근하면 직원 한 명 한 명이 마음을 다해 반겨준다. 원래는 절대 하지 않지만 대표가 된 이후로 애교도 조금 배웠다. 원래 시크하기로 소문난 나지만 직원 관리를 하려면 역시 다정함이 필수다. 늘 화만 내는 상사는 매력이 없다. 이렇게 사기 충전도 해줘야 일할 맛이 나지.

일을 시작하면 출근의 반가움은 접어두고 열일 모드로 진입한다. 맛있고 건강한 간식을 대한민국 개들에게 제공하겠다는 나의 신념을 지키기 위해 나는 오늘도 엄격한 대표가 된다. 매일 앉아 있던 자리가 조금 지루하게 느껴지기도 한다. 내 자리는 꾸루의 배변패드 위나 물건을 포장할 때 썼던 대형비닐 속. 뭐랄까. 너무 편한 자리는 이제 좀 재미가 없다. 구글이나 페이스북 회사처럼 매번 자리를 바꾸면 창의적인 아이디어가 나올까 싶어 자리를 바꿔 앉아도 본다. 그래도 이상하게 이 감성적인 기분을 주체할 수가 없다. 그럴 때 나를 건드리면 나도 모르게 부정 교합 송곳니를 드러내게 된다. 미안해. 나도 내 맘 같지 않게 자꾸 예민해지는걸.

나도 내 감정을 잘 주체할 수가 없다. 사람들은 이런 걸 '갱년기'라고 말하던데, 나도 정말 갱년기인 걸까? 대표가 된 이후로 감정을 절제하는 게 습관이 되었지만, 나이가 들수록 좀처럼 쉽지 않다.

#대표님생각하는척금지 #내키는대로그냥다하면서

보호소 가는 날

우리는 한 달에 한 번 유기동물 보호소를 찾는다. 햇수로 4년째, 이제는 꽤 익숙해졌지만 2016년에 처음으로 보호소를 찾은 날의 기억은 아직 또렷하다.

정부나 시에서 운영하는 보호소들은 때마다 안락사를 시행해 개체수를 조절해서 그런지 대부분 실내 견사에, 관리가 꽤 잘된 편이었다. 내가 두부를 데려온 미국의 보호소도 그랬다. 그런데 한국에서 방문한 사설 보호소는 그야말로 '열악' 그 자체였다. 판자를 덧대어 만든 위태로운 가건물에, 이미 개체수를 초과해 비좁게 엉켜 지내고 있는 아이들. 일손 부족으로 아이들의 배변은 제때 치워지기가 어려웠고, 악취와 오물이 가득했다.

설상가상으로 낯선 이가 방문하자 200마리가 넘는 아이들이 목이 터져라 짖기 시작했다. 투견장에서 구출된 덩치 큰 친구들이 사납게 짖는 모습을 보자 숨이 막힐 것처럼 가슴이 답답해져 왔다.

그렇게 매달 찾게 된 보호소.
아직도 평생 가족을 못 만난 아이들이 더 많다.
입양을 갔다가 파양되어 돌아오는 아이들도 있다.
이 아이들은 대체 인간에게 몇 번의 상처를 받는 걸까.
그런데 왜 또 인간에게 한없이 속아주는 걸까.

지금은 이런 환경에 많이 익숙해졌지만, 방문할 때마다 속상한 마음이 드는 건 어쩔 수 없다. 나를 경계하던 아이들도 이제는 나를 보면 꼬리를 흔든다. 상처 많은 아이들에게 내가 힐 수 있는 건 건강한 간식을 나눠 주는 일밖에는 없다. 보호소 친구들이 가장 기뻐하는 시간, 한 달에 한 번, 나는 바잇미 고객분들이 보태준 마음을 모아 간식을 들고 보호소를 찾는다.

 뜻밖의 선물 　　　　　　엄마편

우리 회사는 남양주 유기견 보호소와의 인연이 깊다. 남양
주 유기견 보호소의 소장님은 주인으로부터 버려진 강아지,
고양이들이 그 슬픔을 극복하고 새로운 가족을 찾을 때까지
터전을 마련해주기 위해 노력하시는 분이다. 그런 소장님,
직원분들과 뜻을 함께하게 되어 매번 감사하게 생각한다.

남양주 유기견 보호소는 후원자들로부터 기부와 후원을 받
고 있지만, 2016년에만 해도 잘 알려지지 않았고 홍보에 신
경을 쓸 여력이 없어서인지 후원금이 턱없이 부족했다. 바잇
미의 간식 기부와 후원금 덕분에 형편이 조금 나아진 것만
으로 남양주 보호소분들은 기뻐하셨고, 우리에게 늘 감사를
표현해주셨다.

이번 연말에 후원을 하러 갔다가 보호소 소장님과 직원분들께서 직접 손으로 만든 앨범을 선물 받게 되었다. 우리가 과연 이런 걸 받을 자격이 있을까 싶을 만큼 과분한 선물이었다. 그래도 지금까지의 노력을 크게 사주신 소장님과 보호소 직원분의 마음이 담긴 선물을 받으니 더욱 보람이 느껴졌다. 앨범의 첫 장에는 손으로 쓴 감사장도 있었다. 앨범 속에는 우리의 간식을 먹고 행복해하는 친구들의 사진들이 하나하나 들어 있었다. 우리가 활동한 내역을 앨범으로 보니 앞으로 더욱 열심히 해야겠다는 생각이 간절하게 들었다. 정성껏 간식을 만들어준 바잇미 직원들과, 그것을 구매하여 우리가 좋은 일에 후원할 수 있게 도와주신 바잇미 고객분들 모두에게 감사했다.

유기동물에 대한 편견이 사라진 세상, 그들이 사랑받을 자격이 있는 존재로서 받아들여지는 세상을 만들기 위해 더욱 노력해야겠다.

#선물예약한편 #김영란법 #아무말

종무식

한 해의 마무리를 짓는 종무식. 다 함께 열심히 달려온 2018
년을 마무리하며 바잇미도 종무식을 가졌다. 대표로서 한 해
동안 수고했다고 직원들을 격려해주고, 격려금도 챙겨주려
고 마음먹었다.

그런데 종무식 당일 아침, 직원들이 과일바구니 대신 무뼈
닭발 바구니와 플래카드를 들고 우리 집에 먼저 방문했다.
서프라이즈라나 뭐라나. 그렇게 집에서 가내 종무식이 시작
되었다. 다들 둥그렇게 바닥에 모여 앉아 한 해 동안 우리가
했던 일들을 되돌아보았다. 돌이켜보니 참 크고 작은 일들이
많았다.

올해 가장 좋은 일을 기획한 직원에게는 상도 수여됐다. 바

잇미의 수제간식 세트와 반려동물을 처음 키울 때 꼭 필요한 팁이 담긴 입양 가이드를 '레스큐 박스'라는 이름으로 무료로 배포하는 프로젝트를 기획한 직원이었다. 유기동물을 가족으로 맞이한 분들을 대상으로, 그 친구들에게 새로운 인생을 선물해주셔서 고맙다는 마음을 담은 바잇미의 선물이었다. 이 선물을 받으려면 동물등록까지 모두 마쳐야 해서, 단순한 입양에서 더 나아가 동물등록까지 권고하는 좋은 기획이었다.

우리는 한 해 동안 나름 열심히, 또 치열하게 일했다.
우리가 바잇미를 시작하면서부터
지금까지 변함없이 추구하는 가치.
사람들에게 유기동물 문제를 알리고,
많은 사람들이 동물을 사는 대신
입양할 수 있게 꾸준히 목소리를 내는 것.
아무리 어려워도 이 약속을 계속 지켜가는 것.

내년에는 또 어떤 일들이 우리에게 일어날까?

#사실은애들빨리보내고 #무뼈닭발먹을생각뿐

유기견을
처음 데려왔을 때

※ 바잇미의 유기견 입양 가이드 '레스큐 박스' 내용을 참조했습니다.

1   사료의 양은 살짝 부족한 정도에서 조금씩 늘려주세요.

갑자기 환경이 바뀌면 반려동물의 소화기능이 떨어질 수 있습니다. 적정량의 반 정도부터 시작해서 조금씩 양을 늘려주세요.

2   새로운 환경에 적응할 수 있는 충분한 시간을 주세요.

새로운 환경을 이곳저곳 둘러보고 냄새를 맡도록 시간을 주세요.

3   자신만의 아늑한 공간을 만들어주세요.

포근한 방석과 충분히 휴식을 취할 수 있는 아늑한 공간을 마련해주면 안정을 찾는 데 도움이 됩니다.

4   너무 과한 스킨십은 자제해주세요.

과한 스킨십은 오히려 반려동물에게 스트레스를 줄 수 있습니다. 스킨십은 항상 먼저 다가왔을 때만 가볍게 쓰담쓰담 해주세요.

기존에 키우던 강아지가 있다면?

처음 보는 두 강아지를 갑자기 한 공간에 두면 돌발 행동을 할 수 있으니 반드시 주의해야 합니다.

1   처음에는 둘 사이에 울타리를 두고 멀리서 서로의 냄새를 인지하고 탐색하게 해주세요.

2   울타리를 사이에 두고 맛있는 간식을 같이 먹는 기분 좋은 경험을 하게 해주세요.

3   두 강아지 모두 안정되었을 때 서서히 울타리를 없애주세요.

4   한 공간에 놓였을 때 약간의 신경전이 있을 수 있지만,

그렇다고 특정 강아지만 안아주는 행동을 해서는 안 됩니다.

5 함께 즐거운 간식을 먹고, 놀이를 하고, 산책을 하다 보면 자연스럽게 친해질 수 있습니다.

6 강아지마다 밥 먹는 공간과 식기는 꼭 구분해주세요.

😺 유기동물을 발견했을 때 이렇게 해주세요.

유기동물을 최초로 발견했을 때는 발견 장소를 최대한 벗어나지 않고 그 인근에서 주인을 찾아주려는 노력을 해야 합니다.

이러한 노력에도 주인을 찾지 못했다면 먼저 지자체에 유기동물 발견 신고를 해야 합니다. 혹시 시간대가 늦어 보호소 운영 시간이 지났다면 다음 날까지 임시 보호처를 구하고 포인핸드와 기타 SNS에 올려서 주인에게 알리기 위한 노력을 해주세요. 상태가 응급하지 않은 경우 119구조대에 신고하기 전 아래와 같이 전문적으로 동물 구조를 담당하는 곳에 먼저 연락해주세요.

1   동물보호 상담센터(1577-0954)

     센터에서 각 관할 지자체(시,군,구청)에 신고 내용 접수.

     운영시간은 평일 09:00~18:00 (공휴일 휴무)

2   각 관할 지자체 유기동물 담당 부서에 직접 신고

3   동물구조단체에 신고 또는 다산콜센터(지역번호+120),

     환경신문고(지역번호+128)에 신고

두부야! 안녕, 엄마야.

회사에서 보내는 시간이 더 많으니까 요즘은 엄마보다 바지 사장 역할을 더 많이 하고 있지만, 오늘은 엄마로서 너에게 편지를 써보려고 해.

지금도 내 옆에서 본인의 잘생김에 취해 있는 내 아들. 내 아들이지만 정말 객관적으로 허세가 너무 심해서 못 봐주겠어. 나는 엄마라서 괜찮지만 다른 사람들이 보기에는 불편할 수도 있을 정도의 심한 자아도취에 엄마는 요즘 네가 나이가 들어 눈이 안 좋다고 해명하고 다닌단다. 실제로 네가 눈이 안 좋아지면서 스스로가 더 잘생겨 보이나 싶기도 해.

너와 같이 산 지도 벌써 햇수로 10년. 요즘 부쩍 잔병치레로 병원에 갈 일이 많아지는 너를 보면 많이 속상하고 마음이 아파. 나이를 먹으면서 으레 생기는 자연스러운 현상이겠지만, 아침에 네가 기운이 빠져 있으면 어딘가 또 아픈 건 아닐까 가슴이 철렁하기도 해.

철근 같은 뼈다귀도 씹어 먹던 네가,
어느 순간부터 말랑한 간식만 찾고.
하루 종일 장난감을 못살게 굴던 네가,
누워서 잠자는 시간이 더 길어지고.
산책 나가면 있는 힘껏 나를 잡아끌던 네가,
먼저 집으로 발걸음을 돌리고.

너에게 주어진 유한한 시간이 야속해서, 네가 없는 시간은 최대한 생각하지 않으려고 해. 너의 행복과 불행은 전적으로 나의 탓인데, 내가 두부를 더 행복하게 해주지 못한 것 같아서 늘 미안한 마음이 앞서.

그 누구보다 나와 오랜 시간을 보낸 나의 두부.
그 누구보다 내 속마음을 많이 털어놓은 나의 두부.
두부야, 사랑해.

2019년 6월 10일. 두부가 평소 안 타던 엉덩이 스키를 타고, 항문이 살짝 부어 있어 집 앞 동물병원에서 항문낭염 진단을 받고 약 처방을 받았다. 일주일 뒤, 항문 붓기가 가라앉자 갑자기 걸음을 잘 걷지 못해 다시 병원에 갔다. 디스크 소견을 받았다. 노견이라 디스크 치료에 흔히 쓰이는 스테로이드 약물이 부담스러워 침 치료를 선택했다.

매일 인천까지 두부와 침을 맞으러 다녔다. 치료 4회 차 정도에는 걸음걸이가 부쩍 좋아졌다. 그런데 갑자기 두부의 눈 주변이 퉁퉁 붓고, 잘 때 완벽히 눈을 감지 못한다는 느낌을 받았다.

6월 21일. 안과전문병원을 찾았다. 눈 주변 신경이 둔화되어 눈꺼풀이 다 못 내려오고, 눈을 뜨고 자게 되니 각막염이 온 것 같다고 했다. 눈 주변 신경 둔화는 뇌 문제일 수도 있지만 아닐 가능성도 있다고 하셨다. 만약 안면마비의 일종이라면, 이유가 없는 경우가 더 많다고 했다. 갑상선기능저하증이 우려된다고 하셔서 검사했지만, 아니었다.

6월 28일. 물을 먹다가 토할 것처럼 켁켁 거리는 반응이 생겼다. 다시 다른 병원에 연락해 다음날 예약을 잡았다.

6월 29일 아침, 평소와 같이 아침밥을 먹고 물을 마시는 와중에 또 켁켁 거리더니, 갑자기 두부가 중심을 잃고 쓰러졌다. 부랴부랴 예약해놓은 병원으로 달려갔다. 폐성 고혈압, 폐렴 진단을 받았다. 약 처방을 받고 집으로 왔다. 집에 오자마자 좋아하는 음식에 폐렴 약을 타서 급여했다.

2시간 뒤 두부는 먹은 음식을 모두 토했고, 전화로 병원에 문의하니 약이 독해서 그러니 밥을 먼저 급여하고 30분 뒤에 약을 급여하라고 하셨다. 먹은 걸 다 토해낸 두부는 배가 고픈지 다시 밥을 달라고 찡찡거렸다. 배가 고픈 걸 보니 좀 살만한 건지, 지켜보는 마음이 좀 나아졌다.

두부에게 저녁밥을 급여했다. 그릇을 싹싹 다 비웠다. 이게 두부의 마지막 식사가 될 줄은 몰랐다. 30분 뒤 약을 급여했고 두부는 편안히 자는 듯 보였다. 정확히 두 시간 뒤부터 먹은 걸 다 게워내기 시작했다. 그 후에는 헛구역질이 시작되었다. 약을 받아온 병원 응급번호로 문의하니 24시 동물병원에서 간단한 조치를 받는 게 좋을 것 같다고 했다.

새벽 세 시, 어느 병원에 가야할지 몰라 차에서 발만 동동 굴렀다. 그냥 바로 2차 병원으로 가야할지, 응급조치만 받고 기다렸다가 어제 내원한 병원을 갈지. 두부가 아프기 시작하고 약 3주에 못 미치는 시간 동안 나는 지푸라기라도 잡고 싶은 심정에 너무 많은 병원을 다녔고, 그게 강아지에게 정말 좋지 않다는 이야기를 전해 들었다. 결국 24시 병원에 가서 구토를 억제하는 주사만 맞고 돌아왔다. 집에 와서 헛구역질이 조금 잦아드는 것 같았지만, 아침까지 두부는 편하게 누워 있지도 잠들지도 못하고 고통스러워했다. 사실 이 모습이 지금도 내가 가장 가슴 아프게 기억하는 장면이다.

아침에 병원 오픈 시간에 맞춰 병원을 찾았고, 끝없는 구토가 이상하다며 췌장염 검사를 진행했다. 결과는 췌장염이라고 했다. 병원에서 췌장염은 수액을 계속 맞아야 해서 입원이 필수라고 말했다. 오전에 두부를 입원시키고, 저녁 면회를 갔다. 수액을 그렇게 맞고 있는데도 한 번도 소변을 누지 않았다고 했다. 두부를 병원 밖 화단으로 데러가자 그제야 참았던 소변을 모두 보았다. 참 미련한 강아지다.

없던 기침도 생겼고, 숨소리가 너무 커졌다. 몸무게를 재보니 5.2킬로그램. 늘 5.8킬로그램을 유지했는데 지금은 배 부분이 너무 말라서 도저히 제대로 쳐다볼 수가 없다. 하루 종일 밥을 거부했다고 해서, 내일 오전 면회 때는 두부가 좋아하는 음식을 조금 준비해오기로 했다. 밤새 두부가 평소 좋아하던 음식들을 모두 준비했다.

다음날, 역시나 병원이 열리는 시간에 맞춰 들어갔다. 두부는 어제보다 더 힘들어 보였다. 밤새 한 번도 소변을 보지 않았다고 해서 바로 야외로 데리고 나가서 배변할 수 있게 했다. 배변을 마치고 들어오자마자 호흡수가 너무 불안정해서 바로 산소방에 넣어야 할 것 같다고 하셨다. 결국 준비해 갔던 음식들은 조금도 먹이지 못했다. 응급상황이 생기면 전화를 주겠다고 하셨다.

쫓기듯 병원에서 나왔지만, 집으로 돌아갈 수가 없었다. 차에 앉아서 시간을 보냈다. 지금 생각하면 무슨 마음이었는지 모르겠지만, 나는 이때 수의를 주문했다. 남편한테는 수의를 미리 사놓아야 오래 산다고 말했지만, 사실 그런 마음은 아니었던 것 같다. 차에서 시간을 보내고 있는 게 꼭 응급 전화를 기다리는 것만 같아서 차라리 병원에서 십여 분 거리의 호텔에 방을 잡고 체크인을 했다.

입원하고 상태가 안 좋아지는 아이들의 경우에 대하여 이야기하면서, 지금 필수적인 수액만 해결하면 집에서 돌볼 수 있지 않겠느냐는 이야기를 남편과 주고받았다. 오후 두 시경, 두부의 안부가 너무 궁금해 병원으로 전화를 걸었다. 담당선생님께서 진료 중이시라 다시 전화를 주겠다고 했다.

오후 두 시 오십 분. 병원에서 전화가 걸려 왔다. 전화를 받은 남편이 "네? 왜요?"라며 울먹였고, 당장 가겠다고 하고 전화를 끊었다. 나와 남편은 미친 듯이 달려서 호텔 앞에서 택시를 잡았다. 택시를 잡으며 길가에 서서 나는 병원에 전화했고, 정확히 어떤 상황인지 물었다. 심정지가 왔다고 했다. 나는 왜 진작 전화를 안 줬느냐고, 우리가 갈 때까지 무조건 두부를 살려놓으라고 울면서 소리 질렀다.

4차선 도로를 무단횡단해서 겨우 택시를 잡았다. 병원에서 가까워서 고른 호텔인데, 가는 동안의 십 분이 한 시간처럼 느껴졌다. 2층 입원실에 도착하자 입원실 중앙 테이블에 두부가 누워 있는 게 보였다. 두부는 눈을 뜨고 있었다. 남편과 나는 거의 반쯤 정신을 놓고 울부짖었고, 선생님은 마지막 인사를 하라고 했다. 다 듣고 있으니까, 정신 차리고 인사 하라고 했다.

두부야. 너무 수고했어. 이제 아프지 말고 편안히 가. 이렇게 인사했다가 오 분 뒤에는 도저히 안 될 거 같아. 제발 가지 말라고 애원했다가 아주 가관이었다. 내 남동생과 바잇미 식구들에게 연락했다. 모두 한걸음에 달려왔고, 두부와 마지막 인사를 나눴다. 두부는 그렇게 네 시간여를 견디다가 마지막으로 산소를 떼고, 내 품에 꼭 안겨 있다가 숨을 거뒀다. 2019년 7월 1일 오후 여섯 시 오십 분. 그렇게 두부는 강아지별로 돌아갔다.

채 한 달도 안 되는 짧은 시간 동안 너무 많은 일이 있었다. 평소에 너무나도 건강한 아이였기에 더 믿기 어려웠다. 출간될 책에 이런 내용이 쓰일 거라고는 상상도 못했으니까. 이 글을 쓰는 지금도 완벽하게 믿기가 어렵다.

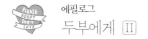

두부야, 안녕. 잘 지내고 있어? 너를 못 본 지도 벌써 한 달이 다 되어가네. 요 며칠 비가 엄청 많이 왔어. 원래 매년 비 오는 시즌은 너와 실외 배변으로 실랑이하는 힘든 날이었는데. 올해도 여름이 오기 전부터 장마부터 걱정했는데, 이제는 아무래도 관계없는 일이 되어버렸네. 거기서는 실외, 실내 구분 없이 너 하고 싶은 대로 다 하고 지냈으면 좋겠다. 고집도 좀 그만 피우고.

2010년, 너를 맞이할 준비도 완벽하게 안 된 학생이었던 나에게 와준 너. 정말 너무 착하고, 순해서 어떻게 이런 강아지가 나한테 올 수 있었지 하며 하루하루 감사한 날들이었어. 새벽까지 과제하고 다음날 해가 중천에 뜰 때까지 늦잠 자던 나를 한 번도 깨운 적이 없던 너. 밤새 소변을 참고 있었을 텐데도, 배가 고팠을 텐데도 내가 일어나기만을 조용히 그리고 묵묵히 기다려준 너. 다른 강아지들처럼 무릎에 올라오지는 않았지만, 내가 슬퍼하거나 울 때면 조용히 다가와서 내 옆에 엉덩이를 대고 가만히 앉아 있던 너. 한 번도 무언가를 먼저 요구하거나 낑낑거리는 법이 없어서 지금 생각해보면 그게 더 미안해.

물론 2017년쯤부터는 미친 듯이 낑낑거리고, 거의 사람이 말하는 수준으로 내게 요구했지만, 나는 내심 그게 더 좋았어. 배고플 때면 배고프다고, 나가고 싶으면 나가자고 하는 네가 기특했어. 네가 드디어 나를 정말 편하게 생각해주는 것 같아서.

네가 아팠던 마지막 약 3주 정도 되는 시간 동안 엄마인 내가 너무 많이 울어서, 너무 많이 힘들어해서 그게 참 미안해. 사실 가장 힘들고, 가장 무섭고, 가장 힘들었던 건 너였을 텐데. 엄마가 너무 바보같이 굴어서 아픈 너를 더 불안하게 한 것 같아. 하루가 멀다 하고 다른 증상으로 아파하는 널 보면서 아무것도 해줄 수 없는 나의 무능력함에, 나약함에 매일 무너졌어. 미안해. 절대 아픈 두부 때문에 그런 게 아니라, 엄마가 스스로 너무 한심해서 그렇게 울고 힘들어했어. 시간을 되돌릴 수만 있다면 조금 더 의젓하고 어른스러운 엄마가 되고 싶다. 미안하고 또 미안해.

두부는 나에게 뭐든지 처음이었어. 너는 처음으로 내가 이렇게 강렬하게 아무것도 바라지 않고 사랑한 첫 번째 존재였어. 이렇게 가슴 한쪽이 숨을 못 쉬도록 저릿저릿 아픈 것도 처음 경험하게 해줬지. 너는 내 인생 첫 번째 상실이기도 해. 하늘 어딘가에서 누구보다 행복하게 잘 있을 거라는 거 아니까, 나만 힘내면 되는 거 맞지? 매일매일 미치도록 보고 싶고, 만지고 싶지만 꾹 참고 어떻게든 잘 지내볼게.

엄마에게 잊지 못할, 정말 행복했던 10년을 선물해줘서 고마워. 지내는 동안 고생 많았어. 정말 사랑했고, 앞으로도 엄마가 죽을 때까지 두부를 잊지 않고 사랑할게.

이제 진짜 잘 가, 내 하나뿐인 완벽했던 강아지.

에필로그
마치며 (두부 생전의 글)

지금까지 나의 얘기를 들어준 많은 분들께 감사하다. 사실 책을 쓰는 게 조금은 부담스러웠지만, 내가 엄마와 함께 이 책을 쓰기로 한 것은 바로 '희망' 때문이다.

보호소의 유기견 친구들은 추위와 배고픔, 그리고 세상의 비뚤어진 편견과 싸우고 있다. 대부분의 사람들은 유기견 입양을 꺼린다. '얼마나 못났으면 버려졌을까?', '분명 무슨 문제가 있을 거야.' 하고 생각하기 때문이다.

나도 희망이 없던 시기가 있었다. 한쪽 눈을 잃고 보호소에서 죽을 날만을 기다렸던 나는 기적처럼 지금의 엄마를 만났다. 이렇게 따뜻하고 편하게 살 수 있으리라 기대하지 못했는데, 놀랍게도 나는 그렇게 살았다. 무려 이 먼 한국 땅까지 와서.

나와 같은 다른 친구들도 나를 보며 희망을 가졌으면 좋겠다. 또 사람들이 너무 쉽게 생명을 사고 버리는 일을 멈췄으면 좋겠다. 나는 그런 희망을 이 땅의 모든 유기견에게 나누어주고 싶다. 모두 예전의 나처럼 사랑받고 싶고, 넘치는 사랑을 주고 싶은 연약한 강아지일뿐이다.

이 책을 쓰는 데 도움을 준 엄마와 아빠 그리고 바잇미 가족 분들에게 정말 고맙다. 그리고 가장 고마운 사람이 있다. 바로 나와 바잇미를 좋아해주시는 분들! 우리의 뜻에 깊이 공감하고 지지해주셔서, 또 힘을 내서 다시 말할 수 있다.

사지 말고, 입양하세요.

내 두 번째 이름, 두부

2019년 9월 20일 초판 1쇄
지은이·곽재은
펴낸이·김상현, 최세현 | 경영고문·박시형

책임편집·김새미나
마케팅·임지윤, 김명래, 권금숙, 양봉호, 최의범, 조히라, 유미정
경영지원·김현우, 강신우 | 해외기획·우정민, 배혜림
펴낸곳·시드앤피드 | 출판신고·2006년 9월 25일 제406-2006-000210호
주소·서울시 마포구 월드컵북로 396,누리꿈스퀘어 비즈니스타워 18층
전화·02-6712-9800 | 팩스·02-6712-9810 | 이메일·info@smpk.kr

ⓒ 곽재은
ISBN 978-89-6570-860-5 (03810)

쌤앤파커스(Sam&Parkers)는 독자 여러분의 책에 관한 아이디어와 원고 투고를 설레는 마음으로 기다리고
있습니다. 책으로 엮기를 원하는 아이디어가 있으신 분은 이메일 book@smpk.kr로 간단한 개요와 취지,
연락처 등을 보내주세요. 머뭇거리지 말고 문을 두드리세요. 길이 열립니다.